_____ 님께

이 책을 드립니다.

하진우 드림

발
걸
음

발걸음

초판인쇄 2025년 4월 10일
초판발행 2025년 4월 10일

지은이 하진우
펴낸이 이해경
펴낸곳 (주)문화앤피플뉴스
등록번호 제2024-000036호
주소 서울 중구 충무로2길 16, 4층 403호 (충무로4가, 동영빌딩)
대표전화 02)3295-3335
팩스 02)3295-3336
이메일 cnpnews@naver.com
홈페이지 cnpnews.co.kr

정가 15,000원
ISBN 979-11-989877-8-5(03810)

※ 이책은 전부 또는 일부 내용을 재사용하려면 반드시 저작권자와 도서출판
　문화앤피플의 동의를 받아야 합니다.
※ 이 도서의 국립중앙도서관 출판시도서목록(CIP)은 서지정보유통지원시스템
　홈페이지(http://seoji.go.kr)와 국가자료공동목록시스템(http://www.go.kr/kolisnet)
　에서 이용하실 수 있습니다.
※ 이 책은 교보문고와 연계하여 전자책으로도 발간되었습니다.
※ 이 책은 국립중앙도서관 홈페이지에서 검색 가능합니다.
　잘못 만들어진 책은 바꿔드립니다.

발걸음은 희망과 좌절로 세상을 걷는다.

넘어져도 일어서 걷고 또 걸으며...
녹슬어가는 인생길 소소한 즐거움으로
걸어간다 '발걸음'

하
진
우
시
집

발

걸

음

시인의 말

'발걸음'

발걸음은 희망과 좌절로 세상을 시작한다
걷다 넘어져도 일어서 걷는
인생은 그렇게 첫걸음부터
우리의 삶을 살아가는 이 모든 것이 삶이라면
인생길을 그렇게 한걸음으로부터 걸어가며
세상을 익히고 경험으로
살아가는 것이다.

2025년 봄

하진우

2 / 사랑꽃

3/꽃과 사랑

4 / 홀씨의 사랑

5/겨울꽃

1/얼음꽃

발걸음

일어나라 첫걸음을 걷자
비워내며 한 발부터
살아가기 위함이다

발걸음은 나르는 새처럼
가슴에 차 있는 욕심까지
자유로운 세상을 향해

걸음은,
발자국을 남기는 첫발이
끝까지 모험의 인생이다

헛발질에 넘어지지 말고
걸음마를 시작하며
출발선에 서서

때론 안정되지 못한
발길은 디딤돌이 되어서
도약을 시작하며

인생길을 위하여
우리는 한걸음 한걸음씩
비워내며 걷는다.

바다

푸르다
그 속에는
조개, 고동, 게
발걸음
수많은 사람 흔적들

그리고
메아리는
숨소리와 함께
추억들이
수평선에 걸려있어

설렘 가득 몰고 온
바다는...
넓고 깊게
숨 쉬는
대화가 있었나 보다.

상고대

아쉬워서 우는 새색시처럼
하얀 설화의 꽃이 되었구나

살며시 미소 짓는 순수함이
얼어붙어 희로애락 삿갓 쓴

애틋함에 아쉬움 부여잡고
깡마른 비수에 칼날 만들어

겨우내 이겨내었을 상고대
외로움 삶 속에서 걸터앉아

한설인 칼날이 뜨거워지면
비수에 넋을 달래려 하구나.

혼돈의 시간

가슴에 파도치는 소리가 들린다
이토록 질긴 방황도
시작부터 언제까지였는지
그리고 언제부턴가
끝이 어떻게 될지 모르는
무한대의 무정서 속에서 절제된
방황을 태양이 내리쬐는 위선의
밝음 속 검은 커튼 뒤에 어둠 속
진실이란 가려진 눈가림에서
밤벌레의 꿈틀거림처럼
그 어떤 것에 혼돈되어 흔들리고
어떤 것에 굳어 버리는 정신은
인제 그만 그만하면서도
또다시 앞서가려는 욕심들은
가슴 속의 일렁이는 파도처럼
거세게 출렁이는 물결치며 있다.

얼음꽃

간밤에 까칠하게 찾아온 얼굴들
척박한 땅 위 내 던져진 모습은
흰 눈동자가 백옥처럼 빤짝인다

아쉬움에 가시 돋친 꽃이 되어서
천지가 갈피를 잡지 못해 솟아나
손가락 휘져 철갑 되어 앉았구나

잠들지 못한 분노를 잠재우려고
착각의 늪 위에 얼음꽃을 피운 듯
틈틈이 야생화 숨결이 살아 있어

그렇게 붉지도 않은 하얀 설화로
순수함이 일궈 피워낸 소동은
내 안에 차가운 꽃으로 남겠구나.

관심

아침부터 고요함이 잠을 깨운다
적막감에 베개와 하나 되어
놀이하며 있다
관심 *끄*는 입추!
봄날이 오는 소리가 잠 깬건가
아님, 멀리서 메아리치는 아득한
뻐꾸기 희소식, 풀벌레 소리의
겨울잠에서 깨어난 것일까?
쓸쓸함이 밀려오는 것은 분명
환청에서 들려오는 소리 일터!
입춘이 달려오는 모습에
소리 높여 우는 것은 왜! 일까
자신에게 관심을 가져 달라
아우성치듯 품어내는 소리에서
나는 살며시 살펴본다
후미진 공간에 마음을 놓고 가며.

가을바람

가을이 손짓하면
조용히 다가와서

매미의 울부짖음
온몸에 다가오고

늦여름
시원한 바람
창문 넘어가련다

풀숲의 푸르름이
들녘에 남기려니

슬프게 울어대는
들리는 귀뚜라미

멀어진
울림소리가
영원하듯 들린다.

그대여

살포시 비단처럼
그리움 드리우니

창문 밖 빗방울에
눈물이 젖는 이 밤

촉촉이
다가온 그님
빗소리가 스미네

고운님 음성처럼
가슴에 남겨두고

대신해 적어주는
밤비의 젖은 붓끝

그대의
간절함일까
내 마음의 그리움.

외침

색동 낙엽 송이 물들며
오색 단풍 갈아입더니

소복이 쌓여 내린 눈은
바스락거린 발걸음 속

기관차에 품어낸 열기
코끝이 찡한 긴 하품은

청명한 하늘 고인 눈물
예고 없이 찾아온 소식

환희 두 배였을 긴장감
휜 소식은 절망뿐이고

어느새 겨울의 냉가슴
외침은 행인들 몫인가

빗, 방울

그리움이 스며드는
울림이 밀려오면
외로움으로 다가와
그대의 마음을 잃어
찾아오며 노크하는
슬픔을 머금은
짓궂은 날씨가
빗물을 뿌리고 있다

후회해도 소용없을
보고픔이 찾아오고
기다림의 외침 속에
가녀린 소리는
정오부터 다가와서
빗, 방울은
오늘 하루도 추억의
점을 찍고 종일 운다.

커피 향기

내가 왜! 이렇게 새까맣게, 그렇게
검은 숯처럼 가슴 속 깊이 품었나?
안타까움을 잔잔하게 불 지폈으니

꼭! 그렇게 살지 않아도 사랑하리
또박또박 걸어온 그 길 위에 나는
커피콩 운명처럼 단물을 내면서

언제부터인가 두 눈에는 미소 띤
너그러움은 순수한 햇살처럼
붉어져 홍조 띤 얼굴의 모습으로

청순한 열정을 품고 살아왔으니
인생 속 고된 삶처럼 진한 열기에
달콤한 향기 갖고 미소를 품었다.

수련아

맑고 따뜻한 날이 되어야
꽃을 피우기 시작 하구나
수련아!
잠에서 깨어나
물 위로 속 얼굴 내미는
너의 모습은
꽃잎 사이 열어준 마음에
향기 피워내기 위함으로
보인다
순백 강한 미소로 돌아와
만인의 가슴에 환히 품고
절개 높은 미소로써
연잎 밭에 고이며 머물기
바란다.

10월의 소리

푸르다. 푸르름이 깊구나
계곡에 개울과 같다
깊고 넓은 곳에 색감은
도화지에 정열을 뿌렸나

마음속 깊은 곳에는
감춰진 감정이
불타는 듯 붉은 볏짚 속을
술래 없는 숨바꼭질을 한다

하늘 높은 곳 박힌 꿈들은
고인돌 된 무게만큼
뛰면서 다닐 것만 같은
몸은, 정녕!

그렇게 바람과 노닐다
헛된 춤만 추다가
외로워지면 가을과 손잡고
집으로 간다.

절기

북노 산청 노부모 찾아가는
기분으로 한여름을 보냈다

오르막을 오를 땐 허덕이며
나무 그늘을 찾아다녀야 했고

더위를 못 참아
땡볕 아래 햇살 만났을 때는
그늘을 찾아 나섰던 여름을,

이제는
미소가 나오는 여린 가을이
찾지 않아도
초근모피 속에
다가와 있는 절기가
어느새!
시원한 바람을 몰고 와 있다

옷깃에 달려와 나부끼는 건
바람이구나.

처서

옷깃을 매만진다
단춧구멍에 관심이
간다
미친놈처럼
언제는
허벌래 널뛰듯이
옷을
'내 팔래 칠 팔래'
입고 다니더니
오늘은 옷맵시에
신경을 쓴다
싸늘해진 날씨는
어쩔 수 없나 보다.

공기놀이

작은 돌멩이로 날려버린 외침
올라서면 정상이라 착각 속에

공중 분해되어 착시에 혼돈은
계엄령이란 잘못된 착각 속에

고무줄처럼 흔들리는 공 놀인
빨랫줄에 매달려 흔들거린다

최면에 걸리듯 빠지면 언제쯤
내려와 앉아 착시를 잡겠는가

얼마나 무모한 망각의 시한부
별것도 아닌 명분에 다짐하고

조근조근 간지럽히듯 쑤시면
공기놀이처럼 친화적 만남 속

화합하며 살아가면 되는 것을
이슬처럼 눈뜨고 녹이려 한다.

석양 노을

붉게 옷을 갈아입을 때
하늘도 바다의 물결도
붉고 느리게 물든다
한 눈 깜짝 드리워지면
그리움 떠나보내는
아쉬움부터 뭉게구름을
검붉은 불로 태우다
널빤지 화선지에
먼 산 쪽 벼루 먹 갈고
빈틈없이 붓 물 던진다.

자유여행

길 위에서 살아가는 모든 이에게
가끔 몸이 힘들고 마음이 힘들 때
가슴이 가리키는 그곳으로
떠나는 것이다
기다려주는 이가 없고
목적 한 곳 없어도 떠나는 것이며
그냥 떠나는 것이 목적지다

내가 미처 몰랐던 것을 찾으러
몸이든 정신이든 육신이
자유를 찾아서 떠나는 것이며
몸! 떠나고 싶은 곳에 정신을 안고
여행은 그렇게 떠나는 것이며
가진 것이 없어도
주변을 정리하고 싶을 때

무작정 떠나보는 게 여행이다
귓가에 스치는 바람과 함께
자신을 지탱하고 있는
가슴을 믿고서 무작정으로
떠나가는 게 여행이며
여린 소음조차 미련 없이 떼놓고
망중한을 즐기러 떠난 것이다.

치매

늙은 아버지 시각에서 보이는 것을 아들에게 질문한다

"저게 뭐냐?" 아들에게 묻고 또! 묻는다
"까마귀라니까요." 노인은 조금 뒤 또! 물었다
세 번째였다. "저게 뭐냐?" 아들은 짜증이 났다
"글쎄 까마귀라고요."
아들의 음성엔 아버지가 느낄 만큼 분명하게
짜증이 섞여 있었다
그런데 조금 뒤 아버지는 다시 물었다, 네 번째였다
"저게 뭐냐?"
아들은 그만 화가 나서 큰소리로 외쳤다
"까마귀, 까마귀 라고요
그만 좀! 하세요
제 말을 못 알아듣겠어요?
이해가 안 돼요
왜? 자꾸만 같은 것을 질문 반복하세요?"
조금 뒤였다
아버지는 방에 들어가 때가 묻고 낡아 찢어질 듯한
일기장을 들고 나왔다
그 일기장을 펴서 아들에게 주며 읽어보라고 말했다
아들은 그 일기장을 읽었다
거기엔 자기가 세 살짜리 아기였을 때의 이야기였다
오늘은 까마귀 한 마리가 창가에 날아와 앉았다
어린 아들은 "저게 뭐야?" 하고 물었다
나는 까마귀라고 대답해주었다
그런데 아들은 연거푸 23번을 똑같이 물었다
귀여운 아들을 안아주며 끝까지 다정하게 대답해주었다

까마귀라고 똑같은 대답을 23번을 하면서도 즐거웠다
아들이 새로운 것에 관심이 있다는 것에 감사했고,
아들에게 사랑을 준다는 게 즐거웠다
그것이 흘러간 세월이다
마냥 젊고
마냥 내가 최고일 것 같은 세월
누구에게나 평등하게 다가오는 세월 앞에
영원함은 없다
건물 에스컬레이터처럼 밀어 올리고 나면
눈 깜빡할 사이 저만치 뒤에는 수많이
모르는 사람들이 밀려 올라오는 것과 같다
내가 일등이고
내가 제일 앞서가는 것 같아도
그것은 밀려서 올라가는 세월 속 무리에 사람과 같다
인생은,
자녀가 맛있는 음식을 먹는 것을 보면
내가 오늘 부모로서 할 도리를 다했구나 싶고 행복을
느끼는 것이 삶이다
이와 같이
자기 자식이 좋아하는 모습은 부모님의 기쁨이지만,
내가 자식일 때
부모님을 알지 못하듯이
자식 또한 이점을 알지 못한다
그것은 그 수많은 무리 속 꽃 중에
자신이 가장 예쁘고 현명하다 생각하고 살아가기 때문이다
그것이 경쟁 사회의 생활상이다.

좋은 것 하나쯤

좋은 것 하나쯤
가슴에 지니고 살아가자
그것이 마음이든
그것이 생각이든 하나쯤
담아두고 살아가자
혹시 세월이 지나 만남이 준
기쁨 잊어버려도
가슴에 묻어둔 즐거움은
남아 있을 테니까
멀리서 서로 생각하고
추억을 공유하며
찾지 못하는 기억 속에서
살아가더라도
힘이 되고 기쁨이 되니까
그렇게 하자
예전 그대로
서로 응원하고
가끔은 목소리 듣고 싶고
연락할 수 없는 상황이
생겨도 행복할 테니까

그래서

우연히 만나면 더욱 좋고

늘 지내오던 사이처럼

그럼 주위 공기를 나누고

따뜻하게 우리 가슴을

데워 가면 되니까

좋은 사람 하나쯤

남겨두고 살아가는

마음속 담아 두고 살아가자

인생이라는 넓은 정원 속에

예쁜 꽃들이 필 수 있도록,

뜻대로,

봄 햇살 치마폭같이 맑은 날
맑고 환한 미소로
한 송이 꽃을 피우기에
노력은 하겠지만
기후가 변덕이 죽 끓듯
오고 가는데
허덕이고 살아가는 세상 속
끊임없이 변화되고 있으니
네가 꽃을 피우려고 무던히
노력을 하여도 의미 없이
꽃을 피우기 힘들겠구나
그래서 진한 향기를 머금고
있었어도 나 또한, 품으라며
말하지 못했다
너의 아픔을 익히 알고 있어
하지만 어찌할 수 없어
나는 그냥 지켜만 봐야 했다
봄에는 필 꽃인 줄로 알기에,

봄날

긴긴 겨우내 품어 키워온
뜨거운 연정의 속살처럼
다가와 붉게 타오르니
하얀 순백 꽃이 피어나고

장날 옥수수 뻥튀기하듯
하얗게 펑펑 터지는 봄날
꽃들의 반란 속으로
나른하게 번져온 미소는

타오른 열기 안은 여인네
너울지며 다가온 푸름이
짧은 사랑에 떠밀려
윙크할 새도 없이 떠난다.

위로하는 마음

수고 하셨습니다
고생 하셨습니다
위로에 감사의 인사
잘한것도 하나 없는
열심히 일한 모습에
감사인사 돌려받아
젊은기운 절로나고

감사합니다
고맙습니다
고마움에 감사인사
알지못한 사람에게
얼굴모를 인사나눔
쑥스럽고 창피해도
자신에게 위로생겨

고맙습니다
감사합니다
돌려받는 감사인사
한번더 인사받으니
힘겨웠고 무거웠던
어깨부위 몸사위가
춤추듯이 들썩인다.

2 / 사랑꽃

사랑꽃

내 마음에 예쁜 꽃이 되기에
너무 애틋함이 애처롭다.
만지면 뚝! 떨어질까.
아니면 달아서 멀어질까.
보고만 있는 그리움은
그냥 바라만 봐도 예쁘다.
피어난 모습이 사랑스럽고
만질 수 없는 그리움 있어
더욱 사랑스럽다.
이것이 나를 위해 태어난
꽃인가 싶다.
내가 살아 있음을 느끼게 한
너는 사랑 꽃이다.
내 곁에 다가오는 사랑이
애정을 느끼고 찢어질까
인생에 너무 애절한 꽃이니
활짝 핀 너의 모습은
황홀한 세월에 핀 꽃으로
가슴이 뜨겁게 살아주기를...,

슬픔

움켜 붙잡고 있다고 해결되는 것 아니다
그렇다고 던져버릴 수도 없지만
안고 간다고 슬픔 잊히는 것 아니다
괴로움이 없어지는 그 날까지

가능하면 빨리 잊어 버려야 하겠지만
살아가는 삶이 어째 내 마음대로 되는가
몸부림 처도 해결되지 않는 것
하늘에 눈을 맞추고 눈을 감고 잊자

 때론 슬픔도 예술을 알게 하고 그동안
시간을 되뇌게 만들기도 하는 그런
세상의 슬픔은 혼자 이외엔 해결할 수
없다고 생각하기에 감정조절 필요하다.

가을 병동에서

저물어가는 가을 낙엽 속에
그동안의 희망에 끈도 누런
빛바랜 길손 되어
지나간 시간만큼
깊어진 백지에 그림 그린다
그림자도 가로등처럼
손 내밀면 친구 되고
서먹함도 어색함이 없다
언제부턴가 나와 하나 되어
수풀이 에워싼 인연들 속에
같은 자리 차지하고 있으니

흰 유리벽 금붕어 한 마리가
꽉! 막힌 투명함 속을
뻥 뚫어져라 눈 끝에 독심을
쏘고 날리며 있다
어제부터 앙탈을 부려도
생명의 물이 말라 갈 통속에
혼신의 생명줄을 찡찡 감고
저 멀리 십 리 밖을 달려갈
사명감으로 간절하게
기도를 한다. 자신이
전투병인 양 본분을 다하려,

통보

파도가 출렁이며 밀려온 마음에
바람이 불어온다
만선에 꿈을 안고 멀리 나선
고깃배 한 척
밀물처럼 밀려오는 파도가
눈 어딘가 부딪히며 중심을
잡을 수 없어 일렁인 파도에
휩싸여 면봉이 된다

그곳이 어디서든 갑자기 전해온
통보! 무선전신에 '태풍이다'
분명 고기를 잡으러 왔는데
양손에는 허구의 통발만 가득
가슴 먹먹함까지 차오른 뱃길은
다시 못 볼 고기 때
물속 깊이 유유히 헤엄쳐
대서양으로 떠밀려 갈 것이다

인연이 풀잎같이 제자리 지키며
비가 오나 눈이 내리나
몸은 가늘고 더 야위어 가겠지만
묵묵히 한곳만을 바라보고
참새들 짖어 기며 안식처 되는
고목이 되어 주었으면 좋겠다
그것은 만선의 기쁨을 맛보려는
선장의 마음과 같은 것이니까,

아침 햇살 같은 사람

안개 속사람을 떠올려본다
처음부터
날아갈 듯 상쾌해지는 것은
좋은 감정 때문일까
비단결 같아서일까
그래서 맑고 따뜻해졌다
그럼. 다 가지는 것일까
사슴처럼 눈이 맑아 좋았고
이젠, 그럼
그림처럼, 행복해질 텐데
하루도 지루하지 않을
미소에 풋풋한 어여쁜 사람
마음이 들뜨고
언제까지나 함께 한다면
늘 처음 본 듯 호감을 주는
부드럽고 넉넉한 사람이
당신이었으면
가슴에 담고 갈 텐데
행복이 부자가 된 듯
살아간다는 의미를 갖는 것

꿋꿋한 소나무처럼

그런 사람이었으면 좋겠다

왠지! 착하게 살아가고

그 어떤 시련이 닥쳐와도

두렵지 않을

용기와 꿈을 주는

아침 햇살처럼 맑은 사람이

있어 참! 좋다.

코스모스

환한 웃는 모습이 다가오면
단호하게 거절하지 못하고
나는 너에게 마음을 열었다

사랑 기다림이 애틋한 꽃은
미소를 머금고 살아 있음에
온몸 향기로 춤출 때. 나는

어찌할지 몰라서 발그레해진
그 얼굴로 다가오는
사랑이 느끼기에 충분하다

하룻 햇살 혓바늘로 전해진
인생 애절한 소식의 꽃 되어
피어있는 네 모습에 반했다

세월에 활짝 핀 모습에
여름의 편지가 되어
강한 소식을 전하며 그린다.

그리운 사람

누구를 그리워하는 것이
나! 뿐인가?
무엇을 그리워한다는 건
당신도 일 테고
그리워하는 동안 못 보는
당신도 괴로움일 텐데
잠시 보지 못한다고 아주
멀어질까
그렇다면 사랑 사랑한다
말할 수 있을까
헤어짐도 아닌데 잊으면
그것이 사랑이라 말할 수
있겠는가
진실은 그런 것이 아니지
시간 지나도 마음 변하지
않는 당신이어야 하고
싫어져 지워가고 싶으면
불만과 이유 말하지 말고
그냥 사랑했던 그대로
잊어 간다면, 그것이
진정한 사랑 아니겠는가?

그대여!

뭘 해도 사랑할 사람이다
돌이켜 보면 해맑게 웃는
어린아이처럼
티 없어 보이는 미소와
코스모스 한들 거린 모습에
함박웃음에서도
다가올 일에 대해 걱정 없이
맑은 눈빛에서도
모든 일을 잊고 살아가자는
해맑음에
나는 모든 것을 잊었다

인생이 뜻대로 되지 않지만
애태우며 살아도
욕심만 앞서 실수하고
그러니 물 흘러가는 대로
그저 바람이 부는 대로
순리를 거스르지 않고
절망하거나 낙담하지 않으며
쉬지 않고 디딜방아 찍듯이
최선으로 살아가면 되겠지
노력해도 안 되는 건
무엇해도 안 되기 때문이다

살아가는 것 별거 아니다
뛰어도 안 되고
쉬지 않고 달려도 안 되고
그것은
놓친 차를 후회하는 것과 같다
그냥
다시 올 차를 기다리는 것이
바람직하다
그래서 세상살이란, 때론
가만히 숨 고를 때도 있고
휴식이 필요할 때도 있는 것

때론 뒤돌아서
한 곳만 주시하면 될 일로
잊지 않고 살아가면 된다
그러니
마음속 깊이 담아 두지 말고
고인 물은 썩는 법
약한 물줄기가 세월로 바위를
다듬고
작은 돌이 모여
흐르는 강을 막아 댐을 만들듯
즐겁게 흘려보내기도 모자랄
인생을 걱정하며 살지 말자
그대여!

백로(절기)

왔구나! 기다렸다
확연히 높고 푸른 마음을 품은 너를
언제나 볼 때마다 맑고 넓은 가슴을
가을 하늘에 저녁노을 보여주는군

백로야
올 한해도 수고 많았다
청일 홍이 들판에 널리 펼쳐지는
너를 다음 해에도 더욱 사랑하리라.

갈대숲

시간이 멈춰선 추억에
하얀 모시옷 저고리를

걸쳐 입고 백발 되어서
지켜야 할 성가신 바람

나이 들수록 숙여지는
머리 아프다며 흔들고

변치 않을 꽃 같은 그대
어디 서 있든 속삭임에

그리움을 찾아 나서면
갈대숲에 바람이 분다.

여정

당신이 지나간 과거는 잘살았나요?
혹! 후회하고 실수했다며 반성하고
살지 않았나요?
그런 일이 있다면 이제는
이미 지나간 일들 다시 한번 즐겁고
행복하게 살아가야지요

첫발을 내딛는 발걸음은
시간이 자연과 빚어낸 인연을
놓쳐버리면 과감히 미련을 버리고
현실에 충실하며 후회하지 않는
현실로 살아가게 되겠지요

과거는 과거일 뿐이고
앞일은 미래가 알지 못하기에
제자리걸음만 걷다가 상실과 실의에
곱씹다 후회하는 일 없도록 해야지

과거의 실수를 깨닫고 돌이킬 수 없는
후회만 한다고 이뤄지는 일은 없지요

실수는 미성숙이 남긴 과거로 지나온
시간이 거쳐 온 미련일뿐

후회 또한 과거로 돌리고
새로운 즐거움을 찾아가는 것이
최고의 여정이 되니까, 앞으로
희망을 안고 살아가요.

기억들

아무리 사랑했어도 세월 앞에선
갇혀버린 기억들 속에

죽도록 그리워해도 저무는 햇살처럼
점점 멀리 깊어져 가는 아쉬움에

새 아침은 새로운 삶이 밝아오듯이
실 끝같이 가는 인연의 줄기로
어제의 기억들을 걸어두고
작은 물방울의 추억들을 바람결에
살랑거리며 되새긴다

몽환적 안갯속 거울 앞에 서서
태양 같은 나의 모습이
쪼그라져 비치면
그렇게 또! 나를 과거의
기억 속으로 가두려 할 것이고
그렇게. 그렇게. 세월은
인생을 하나둘씩 황금 물결치듯
속으로 일렁이는 파도와 같이
쓸어 멀리 떠내려 보내겠지,

오늘도 그렇게 노년은 짐승처럼
철창 속 우리에 갇혀 살아갈 터이다

유채꽃의 향긋한 향기를 품어도
가슴 짓누르는 감정이 화산처럼

부글거려도 짓누르며
스쳐 지나가는 가을바람처럼
언제 그랬느냐며 따나 보내겠지

설레는 약속은 잊혀진 지 오래
기억이 나를 부를 때면
마을 정자가 서 있는 곳으로
찾아서 가야겠다. 그리고

사계절 싸릿대가 나를 부르면
먼 십이 촌 형님을 불러
떠난 지 오랜 기억을 붙들고
젊은 청춘처럼 춤을 출 터이다
그럼, 또! 예전처럼
주어진 임무 속에 하루가 시작되겠지

이제, 새로움이 가득한 날이 밝았으니
빨간 홍조 띤 모습으로
기뻐할 수, 좋아할 수도 있는
기억력을 가졌으니 무덤덤하게
스스로 꿈을 또다시 시작한다면,

행복은 그렇게 느끼며 찾아가는 거야
진정한 삶을 숨 쉬고 있을 때
존재, 존재할 테니까

오늘 하루도 똑같은 날 없이 멋지게
기억하며 살아가자.

육백만 지기

평창의 이름으로 한쪽 눈
지그시 감고
미탄면 정옥산에
눈금 높이만큼 올랐더니
구름이 허리를 감싸 안고
더는 오를 길 없다 말한다
산머리가 발아래 누워
내가 뛰어놀 자리가 한 뼘
가슴이 손바닥 위에 있어
찌르레기 반주 속에
마음마저 쓸고 가니
순수 동심마저 잠재운다
바람이 호령하니
머리 드는 산 정상이 없고
구름은 굽이굽이
허리춤에 걸쳐있었다
밭 갈고 뛰어놀 자리가
산 위에 육백만 지기 있어
산새들의 키 재기에
파도처럼 너울너울
두메산골
첩첩산중 속 숨겨두고
별세며 놀이하자
억새풀은 속 절함이 없다.

아빠의 가슴에도 눈물이 있다

아버지 마음에도 눈물이 있다
낡은 재킷 속주머니에 매일
접어두고 살아가는 세월 속에
힘겨움과 버거 움을 토해낼 때
고개들은 낙엽이 이슬 되고
넓고 깊은 곳. 고목의 수액에서
아기 손 솜털의 자식 잘되기를
바람이 부는 바스람 걸림에도
신호등이 꺼진 건널목에 서서
누가 알아주지 않아도
외로움과 슬픔은
바다에 떠 있는 등대가 되어
허우적거리며
살아가는 지친 숨소리가
흔들려 흘러내린 눈물이 있다.

봄의 전령

설렘이 이곳저곳에서 피어나
땅속 잠자고 있던 들 뫼 꽃이
손끝 내밀려 올라오듯 눈뜬
아침부터 풀 들도 꽃 피웠다

밤새워 안 자고 자라 왔는지,
긴 추위를 힘겹게 이겨 내고
피워낸 꽃 되어 세월 무게에
들판에 누워 핀 잡초 전령들,

추운 겨울을 이겨 내지 않고
자리 잡고 키워낸 생명체들,
뽑아버려?
누워 있어 살려둘까

애초에 머리 숙이고 살며시
자리를 마련해 주었구먼
허기가 진다. 자신의 집처럼
자리 잡고 누워 살아라 했다

쫓겨나지 않으려면 더 예쁜
꽃을 피워 보아라 한다
눈치를 살피는 개나리처럼
여리고 순수해서 고민인 듯

어쩔 수 없이 세상의 법
순리에 따라야 하나?
갈 곳 없는 야생화 잡풀 되어
햇살 되어 떠도는 나그네 된다

*봄 이사 철...
이 글은 전세 세입자를 울리는
사기단들을 의미에 두고
쓴 글이다.

통증

날씨가 추워진 날 언제부터인가?
나를 짝사랑하던 그가 찾아왔다
일기예보는 딱! 들어맞구나
언제부턴가 통증이 전해 올 때면
아리고 쑤셔 다가와 노크하는 놈.
오늘처럼 고마울 수가 없다

지난여름 퍼붓던 호우처럼
기다림 없던 자신을 사랑해달라
한번 나를 찾기 시작하면
창문 밖에 스쳐 가는 날 파리도
못 보게 자신에게만 집중하길
바라는 성가신 놈이구나

간헐적인 살인도 망각한 채
산성비라도 좋을 추운 겨울비에
흠뻑 젖어도 좋다 하여 그렇게
그래서 걸어갔었다
이제 곧 찾아올 것이 분명하지만
따뜻한 화로 같은 사랑이 아니라

아마도 내게 필요한 지독한 몸살.
독약이 될지라도 자유가 좋다
죽도록 퍼붓는 시한부 사랑이 아닌
새벽이슬처럼 맞을 수 있는 영롱한
포근함이 다가와 보듬어주는
별것도 아닌 자유인이 되고 싶다.

그리움

길을 가다 문득!
당신이 보고 싶다며,
걷던 걸음을 멈춘 적이 있었습니다
그럴 땐 어김없이 방향을 잃고 거리를
맴돌다가 집으로 돌아오곤 한답니다

우연히 내 옆을 스쳐 지나갔던
설렘은 어디다 두고 아무리 불러봐도
대답 없는 메아리 되어서
당신은 그림자로 남겨두었답니다

혹시! 미련 때문인가? 아니면
잘못 들려오는 메아리 때문인지
발걸음 멈춘 적이 한두 번
아니었기에 가끔은 당신의
간절함이 가슴에 묻어납니다

그렇게 그 길은 바람이 되고
외로운 향기가 되어 전해오는
방향으로 얼굴을 돌렸을 때,

진한 당신의 향기가 느껴오면
얼마나 반가웠는지 모릅니다

꼭! 만남이 없어도,
그냥 텅 빈 길만 걸어도,
눈앞에 나타나는 돌멩이만 보아도
당신이었습니다

때론 산이고, 들이고,
귓가에 전해오는 아쉬움의 미련까지
지워지지 않는 당신 생각에 온통
나와 하나 되어 있는 그리움이
벅차오릅니다.

초겨울

아직 가을이라
옷 갈아입기만 하겠어
싸늘한
가을바람에 묶은 과거와
지독하게 오랜
아픔을 훌러덩 벗어던져
자유로운 세상을 맞이해
뜻깊은 한 해로
잘 살아왔다고 말하겠지.

가을 하늘

무더위에 허덕이며 그늘을 찾아서
몸을 숨겨오던 8월이 지나 이제야
고추잠자리가 허공을 날갯짓하면
발걸음에 찬 공기를 싣고 가슴으로
내려앉아 들녘이 춤추는 9월 하늘

가을 길목 찾아 나선 낯선 바람에
죽어야 하나 살아야 하나 죽을까
노파심에 걱정이 머리를 동여매고
하얀 구름 사이 드러누워야 하나
밤새워서 찌르레기만 울부짖더니

참으로 사람의 마음은 간사 하다
맨드라미 빨간 주름 치켜세우며
시시때때로 변화되는 뭉게구름이
가을을 시샘하는 놀이로 만들어
기온 차가 겉옷 한 겹씩 벗겨 낸다.

인생길 위에서

도시에 삶이란, 참!
긴 터널 속으로 달리는
여행길과 같다
정차할 수 없이
숨 가쁘게 달리며 살아야 하고
가속 붙은 길 위에선
긴 숨 한번 몰아쉬기도 어렵다

인생은 그렇게 길에서 추억도
그리움도 찾는다
그렇게 긴 터널이 끝나는가?
싶었을 때
또 다른 길이 나오고 쉼 없이
막다른 그 길 위에 올라서
거침없이 달려야 하는 것이
여정의 길인가 싶다

때론, 눈앞에 어둠이 와있으니
이젠! 쉬어가고 싶고 포기하고
싶은 마음이,
목젖까지 차오르지만
그런 게 요행일 뿐!

참고 살아가야 한다
그런 건 미래가 될 수 없기에
앞날을 생각하며 참고 사는 게
한두 번이었던가

절대 중도 하차할 수 없이
달려야 할 암흑 속 길 위에서
끝도 보이지 않는 목적지로
앞만 보고 달려야 하는 삶,
더욱 어둠 속으로 도태될까
두려움에 허겁지겁 인내하며
살아가는 것이
참으로 어렵고 힘겨움이다.

그렇게 살아온 인생길
어느 선에서 희망의 불빛이
생명의 광채가 눈앞에 비칠 때
참혹했던 위협에서
안도의 한숨으로
언젠가 도심의 피가 흐르는
열정을 품으면
심호흡 한 번 내어 쉬는 것이
전부이다.

1-4번지 31호 그 집

약속의 장소
간판 아닌 듯 문 폐 같은 간판
왠지! '으쓱' 한 막다른 길,
내가 잘못 찾아왔나 싶을 때쯤
눈에 보이는 찻집
행길 가 도로 안내판 글엔
'더 이상 길 없음.' 이라고 쓰여 있다
사람들이 많이도 이 길로 다니나
싶다
오래전부터 자기 마음대로
자라왔을 나무인지
어떻게 보면 질서 정렬하고
어떻게 보면 자기 멋대로
두서없이 자란 나무 아래
우수에 젖어 더불어 살아가는 집
그 집은 간단하게 요기도
할 수 있는 커피집이었다
입구부터
이상할 것 없이 자연스러운
문!
'삐그덕' 삐걱 소리부터
얼씬 년 서럽다
나는 일단 문을 열고 들어서니
실내는 뭔가 무질서가
질서 있게 나열된 집
테이블 몇 개에 손님이라곤
집주인의 식구 같은 아이와
주방에서
분주하게 손님 준비에 바쁜

아줌마가 전부
내가 일찍 왔나? 싶을 만큼
어떻게 보면 세련
또! 어떻게 보면 위층 살림
집에서 내려와 용돈이나
벌어볼까
주방에서 분주히 움직인다
가장 먼저 도착한 나는
곧 들어올 약속된 사람들 맞을
위치에 자리 잡고
내가 주인인 양
의기양양하게 실내 분위기를
스캔하고 무거운 입을 다물고
묵묵히 바깥을 응시하며 기다림 속
문!
'삐그덕' 삐걱 소리부터
얼씬 년 서러운 소리가 난다
소심하게 손님 맞을 준비를 하던
나는,
다음 나타난 사람에게
마음의 보자기를 푼다
무겁게 닫혀있던 입은 일순간
땅콩 껍데기 속에 갇혀 있던
콩알처럼 껍질이 벌어지며
알맹이가 자유를 얻은 듯이
사방으로 뜀박질을 시작하며
선수가 몸을 푸는 것처럼 반가움에
널뛰기를 시작하며 분주하다
첫눈 올 때 한 번 더 와야겠다.

안부

여보세요! 안녕하십니까
이 한마디가 모든 것을 잠재운다
반갑습니다
때론 서로 안부를 묻고 산다는 게
얼마나 다행스러운 일인지 모른다

잘 지내시지요
네~저도요
안부 물어오는 사람이 어딘가 있을
인연을 이어간다는 건 얼마나 다행
서럽고 즐거운 일인가

요즘 잘 지내고 계시죠
무의미 속에 안갯속 묻혀 살아가는
세상 누군가 안부를 물어준다는 게
얼마나 다행스럽고
가슴 떨리는 일이다

반갑습니다
주변 인연으로 소식 전하고 살아

간다는 것 사람으로 이어진 인간의
끈이고 살아 있다는 것이 다행이고
느낌으로 반응한다는 건 행복이다

다음에 밥 한 번 먹지요
꼭! 조건부가 아니어도 누구에게
안부를 묻고 소식을 전해 온다면
희망을 주는 일임을 느끼게 한다
그대에게 약속을 지켜주면 더욱

다음에 전화 드리겠습니다
갑자기 추워진 날씨에 누군가가
전해오는 안부는 세상에 혼자가
아님을 일깨워주는 사람들, 임을
감사합니다. 건강하세요.

낙화

힘겹게 품어 피워온 사랑
마음껏 주어도 모자랄
연민이 아쉬울 때
짧은 인연 눈빛 몇 번에
하얀 두루마기 헤치면
허공이 너울너울
장단에 학춤으로 널 띈다

그리움이 스며드는 얼굴
예뻐야 했었나?
노을 지는 봄바람처럼
가녀린 흔들림에서도
한 겹 한 겹 사연을 벗기면
여린 한숨 토해내 듯이
허덕여 날려 보내려 한다.

3 / 꽃과 사랑

가을아

민들레 꽃 엊그제인 듯한데,
언제부터 봄날 자네는 여름
되더니 어느새 멀어졌는가?
그리도 믿지 못하고 곁에서
소리소문없이 가 버렸구나.

가면 간다고 말을 하면 문을
활짝 열고 잘 가라 다음에 또
만나자 꾸나 인사라도 했을
아쉬움인데, 오늘 되어서야
알게 한 여름날 그리움이다.

추석, 집에 간다

한가위 여름날에 가을의 길목에서
꽃이 피고 새가 지저귀는 고향은
그동안의 노고에 길 잃고 살아가는
무심한 세월을 견디다 찾은 향기들
집이 반겨주는 곳을 찾아서 간다

언제부터 인가 갈 곳도 잃어버리고
찾아갈 사람도 없어지는 집은
고향 이름으로 방황 속에 잡초처럼
풀꽃들만 피어 무성하다
가을 되어서야 바람에 흐느적임이
같은 자리 지키고 있는 잡초대가
손짓임을 알았을 때

고향을 찾아 나선 길가에는
한 손 가득 기쁨을 가슴 속에 품고
또! 다른 손에는 미련만 가득 안고
그리고 또! 아쉬움 남아서
꿈에 그리던 향수를 가득히 품고서,
추석 집에 그리움을 놓고 나온다.

한 잔의 술

이렇게 꽁꽁 싸매고 동여맨다고
걸려야 할 감기가 걸리지 않겠는가
주의할 따름이지
매일 길을 걸을 때 두 눈을 부릅뜨고
발길에 솟아난 풀조차 주의하며
걸어도, 자신의 발길에 걸려 넘어지는
경우도 있다

우리가 이 모든 것을 주의하는 것은
나 자신의 통증과 고통에서 벗어
나고자 조심하고 주의하지만
사람으로 공동체 생활에서
다른 사람에게 민폐를 끼치지 않기
위해서 주의하는, 마음가짐이 크다
그래서 내가 때론 한 잔의 술을
마시는데, 이유가 되기도 한다

그것은 내가 한 잔 술을 마시는 이유 중
그동안에 살아오면서 힘들고 억압받으며
잘못된 것을 사죄한다는 뜻으로

술을 마시기도 하는 이유이고

또! 한 가지는 복잡한 세상살이
혼자라는 외로움이
가슴에 아리 우는 슬픔을 잊고자
마시는 한 잔술이며
잠시 여태 꿈꾸고 이루고자
희망의 목적에 도달하지 못해 미련이
남아 마시는 술이었다

그렇게 내가 마시고 있는 한 잔의 술은
살아오면서 상대방에게 죄지은 죄를
사해달라는 뜻으로 마시는 술이다
이 또한 이유 없고 사연 없이 마시는
술이 있을까?

남한산성 31호 그 집

봄이면 벚꽃에 개나리가
진달래의 기다림이 있고

남한산성 31호 그 집 앞
아지랑이 파릇 돋아나면

허공에 맴도는 공허감이
고요함에 깃들여진 그곳

낭만을 싹틔운 아지트라
소소한 일상이 행복하다.

한강의 젖줄

조국에 몸통아리 가로지른 혈관은
긴 한숨을 몰아쉰다
한강의 젖줄이라
남,북 강물이 이어진 대한의 얼굴

조선에 열풍이 몰아치는 쉼 없이
변화된 모습에
가슴을 쓰려 내리며 흐르는 물결
마음을 다스리는 열기에 줄기다

태고 때부터 이어져 온 젖줄이라
공해에 신음하듯 희뿌연 매연은
강의 생명을 호흡한 여명 속에는
혈관에 물결치면 토해낸 숨소리

뼈가 잘리고 살이 쪘기는 아픔이
괴로움으로 당하며 살아온
대한의 민족 모습이었을,
참고 살아온 세월이 얼마 만인가

한강! 그분은 침묵으로 일관하며
강건함을 몸으로 실천하며
유구의 조상님 모습이 되어
한 민족 핏줄이 물결로 흘러 간다.

괜찮아

우리는 친구니까, 괜찮아
가장 친한 친구이기에
내가
실수를 해도 이해할 거야
우리는
서로 속을 훤히 들여다보는 사이니까
내가
막무가내 행동을 해도 괜찮아
하지만 가까워질수록
에티켓과 말 조심스러움은 필요해
개인 프라이버시와 서로의 인격을
오래도록 지키기 위해서라도

누군가 이 균형을 깨뜨리면
보이지 않는 섭섭함에 실금이 가고
인격과 존중이 멀어지지

헤어지더라도 나쁜 것은 묻고
좋은 것만 말하는 것이
우정과 의리를 지키는 길이지만
사람이라 그러지 못하지

오래도록 예의와 예절을 유지해야
보이지 않는 곳에서도
자신의 인격과 품격이 지켜지는 것!

가까운 친구 사이일수록
함부로 내뱉은 말은
상대에게 독화살이 되기도 한다는 것을 알아야 한다

말이란 언제나 가까운 곳에 있지만
그 소중함을 잊고 살아가기 때문이다

가까운 사이일수록
받기보다 내어주는 마음이 중요하고
기쁨과 행복을 배가시키는 관심을 갖는다
그래도 괜찮아

소중함은 혼자 있을 때는
헤어졌을 때에 느껴지는 것

내가 받을 사랑은
내가 만들어 가는 것이니까.

아픈 손가락

아프다. 예뻐서,
솜털 같아서 더욱더
아름다워 어여쁘다
어찌할까?
이 괴로움이 안타깝구나

새하얀 눈처럼
뽀얀 순수한 속살 같아서
어찌할지 모르겠다
만지면 사르르 녹을까 봐
마음이 시리고 아프다

어디를 두고 보아도
내 한 몸 같은 손가락
예쁘고 아름다워
숨겨놓을 곳이 없다
두 눈을 감아도 생각난다.

점심 뷔페

점심시간 딱히 갈 곳도 없는 식사
한 끼를 채워야 남은 시간을 이겨낼
힘이 생길 테지,
그래서 찾은 곳이 오늘의 입맛을
선택할 뷔페를 찾았다
현시대의 샐러리맨으로 살아가는
운명에선 가장 저렴하고 가장
청결하며 나의 입맛을 돋구어 줄
식당이었다
뷔페 거창한 단어도 식당도 아니다
한 끼의 끼니를 해결하는 장소로써
오늘과 내일을 위해 열량을
섭취해야 하루를 살아가는 충전소
강남에서...

그렇습니다

그렇습니다
우리는 너무 익숙함에 젖어
상대가 아파하고 슬퍼하는 것을
잊고 살아갑니다
가끔 자신 기분만 생각하고
마주 보고 있는 상대의
마음을 잃지 못하고 자기 기분에만
온 힘을 다하며 살아갑니다

슬프고 괴로울 때 상대가 필요한데
서로의 배려를 잊고 살아갈 때가
많습니다
죽는 그 날까지 관심 속에서
사랑받기를 원하는 욕심쟁이를
앞에 두고도 한눈을 팔면
실망하고 살아가는 것입니다

그러지 말아야지, 반성하며
그땐 주의하지만, 또! 잊어버리고

그것이 버릇되어 살아갑니다
그래서 사람이 두렵습니다
올바른 생각도 이해를 못 하면서
사는 게 힘들다며
사람이 무섭다 합니다
그렇게 살아가는 것이 인생인데
말이죠
사람은 그렇게
잊고 살아가는 경우가 많습니다

그렇습니다
때론 익숙함에 젖어서
섭섭함을 멀리하고 살아갑니다
사랑조차 소중함을 잊어버리고
막무가내 자신만 생각해 달라
상대의 감정을 생각하지 못하며
그렇게 살아갑니다

바보처럼
그것이 강하고 자신감인 것처럼
상대방을 억압하고 무시하는

말투로 불만을 내세우며 험악한
분위기로 잡아갑니다

가장 사랑했던 사람에게서
가장 상처를 받도록...
그것이 강자인 것처럼 사람들은
자신을 속이며 살아가고 있습니다

그렇습니다. 처음이란, 의미를 잊고서
초심을 탈색시키며 살아간답니다

서로 함께하는 익숙함에 속고 속이며
그렇게 소중함 잊고 살아가곤 합니다.

스트레스

현실의 모든 이에게
미동도 없는 산 같은 바위를 두드리며
살아가는 현시대 청춘들
암초에 다다른 배처럼
좌초의 위기 속 살아가는 현대인이여!
강화 유리를 붙들고 아우성쳐 봐도
아물고 곪아 터지는 소리로 돌아온다

귓가에는 그렇게 도돌이표 되어
또다시 맴돌다 메아리쳐 돌아오면
깨지듯 반사해 스트레스를 자처한다
가끔은 마음을 내려놓고 쉬고 싶다
마음 가는 곳에 지친 몸을 맡기며
그럴 때면, 더! 상처에 매서운 바람
이렇게 볏짐 하나 내려놓을 곳 없다

힘들 때, 마음잡을 수 있는 곳으로
떠나 때론 먼 산과 대화하고
스트레스를 버리려 해야 한다
옷깃 스치며 지나가는 바람과
노닐다가 밝아온 도화지에 그리다
시인되고 화가가 되어 예술을 하며
정신과 마음에 안정을 찾아 떠난다.

빗물

가녀린 숨소리가 귓전에 들려온다
누군가, 애타게 부르던 소리가
하얀 눈망울이 발길을 붙잡는다
두 팔 벌려 왈카닥 안으려 해도
가슴으로 스며드는 까만 눈망울은

한동안 길가에 서서 그를 맞는다
그동안의 힘겨움이 쌓여서 울고
살며시 다가와 마음에 안겼다가
온몸에 다가오는 슬픈 눈물이 되어
피 토하듯이 울부짖는데

그래서 전해오고 전율의 소리에서
다가와 흘리는 눈물은 끝이 없다
적막감에 울고, 긴 잠 속에 울어대는
나! 왔노라

똑, 똑, 똑

세월 속 허기져 서글픔에 우는 빗물

까만 눈망울 되어 초롱초롱한 빛

되어도, 그런!

추적추적 마음에 고인 슬픔 되어

통곡이 되어서 흘러내리는가 보다.

달빛 한 숟가락

그믐달 하얀 새알
팥 속에 묻혔다가

떠오른 배고픔이
희망찬 노 젓음은

행운의
달빛 한 숟가락
달콤함을 건졌네

보름달 동지섣달
대접에 내려앉아

검붉은 결단심이
심오한 각오 속에

올해도
복 받은 행운
소원성취 이루길,

다육이

머리에 꽃을 꽂고서
옹기종기 모여 앉아

예쁜 짓에 박람회장
요기 저기 한집처럼

다육이라 이름 붙어
작아도 품어낸 향기

어여쁜 작은 꽃이라
모인 삶이 아름답다.

하루살이

하루를 살자고 숱한 힘겨움으로
참고 견디며 지내왔을 하루살이

그만하면 됐다
너도 하루 동안 살 만큼 살았으니
세상 주인이니 되었다
하루를 살아도
하루살이라는 존재로 살았으니
손해 볼 것이 있느냐

한 세상 살아서 힘겨움에
눈물 흘리는
내 어머님의 슬픈 눈물처럼
보이지 않을 괴로움을 너는

가져갈 수 없는 무거운 짐에
미련을 두지 말고
빈 몸으로 와서 빈 몸으로
머물다 떠나가는 아침 이슬처럼
흔적만 넘겨두고 가거라

남들처럼 많이 가져

무거운 것 털어 버릴 것이 없으니

무엇하나

아까워서 힘겨워할 게 없는데

이고. 지고. 안고. 원을 그리며

맴돌고 날며 있느냐

빈손으로 왔다

빈손으로 가는 흰나비가 되어라.

나들이

가을 소풍은 아니지만, 모처럼
교복 입고 학교 다니던
그 시절 소년 소녀들이
오십여 년이 지나 남겨진 기억들을
얘기하며 지낸 하루였다
뭔 할 말들이 그리도 많았는지 ㅎㅎ
서로 웃음이 반 식사가 반 되었다.
거기 가끔 반주도 곁들여
즐겁고 행복했던 하루였다
나도 바쁜 시간을 보내는 중에
모처럼 옛 친구 얼굴이나 볼까 한
마음으로 참석하였는데, 하나같이
반겨주는 모습에 잠시 그동안의
서먹함도 금방 해제되었다
이젠 모임도 늘어나는 숫자보다
점점 줄어드는 나이가 되고 보니
단순 어릴 때 친구들로 만의 만남이
조건 없어 더욱 좋았다
이제는 너, 내 할 것 없이 흰머리에
등 굽어 힘없어지는 나이

할아버지, 할머니 되어 늙어가는 모습이
정겹고 좋았다
나는 어제오늘 그렇게 뜻 없이
고향 부산에서 하루를 보내고
다음에 건강한 모습으로 만남을 약속하고
또! 서울 생계터전으로 기차 달리는데
몸을 실었다.

내 고향 부산

꽃피고 산새 울진 않지만
도심 고향 부산이랍니다

어릴 때 고추잠자리 잡던
깊은 추억이 아련하던 곳

동네를 뛰고 놀던 친구는
없지만, 언제나 거닐었던

기억이 깃들어 숨 쉬는 곳
그런 부산이 고향입니다.

고덕동의 초가집

네온사인이 번쩍이는 불빛과
높은 고층 빌딩 숲이 우거진
고덕동의
초가집에 지붕을 업는다

해 저무는 저녁노을이면 개 짖던
소리도 아이들의 함박 웃음소리
사라진 빌딩 숲속 초가집 한 채
갈 길을 잃고 서 있다

고덕동 세 명의 아이들과 놀았을
놀이터.......
저마다 다른 성격의 소유자들은
갈 길 다른 놀이로 이어져 있다

집집마다 이어진 골목 아이들이
떠난 길목에는 흠 짓 시골임을
느끼게 만든다. 라일락
향기에 눈을 뜨면 도심 속의 집

개나리꽃 아카시아 향기가 샘솟던
봄의 궁전 아이들의 아우성 소리가
귓전에 맴돈다. 가을날에
숨어 잠자던 고덕동의 초가집.

아침을 여는 자갈치

시간도 쉴 곳 없이 분주한 자갈치는
포말이 메아리 되어 아침을 맞는다

살아 숨 쉬는 터전에서 새어 나온
함성들은 한 맺힌 소리되어 다닌다

마음 둘 곳 하나 없는 삶 속에서
무게를 지켜야 할 외로운 외침들

간간이 포개져 나오는 숨소리가
찌던 힘겨운 함성을 다 하지 못해

쇳물이라도 녹일 듯한 체온의 열기
살아남아야 할 삶의 무게를 녹이고

거칠은 숨소리는 가족의 사명감에
하루를 살아갈 몸무게를 짓누른다

하루를 분주히 살아가는 사람들
찌던 함성이 아침 햇살을 문 열고

잠시도 머물지 못한 시간 속에 갇혀
하루해가 저무는 저녁나절까지도

살아갈 포성으로 던져진 마디마디
총칼이 되어 숨소리로 흘러나온다

포개진 땀방울이 빗물과 씻겨 내린
말의 마디는 미처 도망가지 못해

갇혀 지낸 이전부터 사람과의 사이
헤집으며 어둠을 빠져나가려 한다.

어머니 무릎

내가 어렸을 때
더운 여름날이면 어머님 무릎 위에
정을 나누고 삶을 나누든 고향의 꿈
꾸며 자랐다

베개 삼아 누웠던 어머니의 무릎은
스쳐 지나가는 바람 소리를 찾아서
어느덧 추억에 옛 기억의 추억 속
되어 누웠다

짧고 좁다란 긴 나무 의자를 길목에
놓고서, 밤하늘이 조명 등 되어
어두워진 환한 달빛에 도망치듯이
달아나는 별똥을 쫓아 눈빛은 온통
술래잡기에 바빴었지

그렇게 하늘을 향해 뛰어놀았지

다리가 짧아 접어가며 드러누워서
나직한 나무 의자는
가냘픈 몸 지탱하며 무더위 식히려
앉아 놀던 나는
어머니 무릎을 베개 삼아
잠을 청하곤 했었다

안정감에 깊어가는 밤
하늘에 수 놓인 별을 세며, 그렇게
자랐다

편안함에 잠들었던 무릎!
깜박 잠이 들 때면 좁다란 의자에서
별 잡던 꿈 꾸다 굴러떨어지곤 했다

그럴 때면 놀라
안방을 찾아 들어가곤 했었다
무더운 여름밤이면
문득 어릴 때 생각이 나
더위에 참기 힘든 날이면 더더욱
긴 의자를 찾곤 했었던 기억이 난다

그렇게 하루살이 춤추다 쉼 돌리며
풀잎에 스쳐 담겨오는 찌르레기
연치의 풀 벌레 바람에 전해 올 때면
한낮 더위도 쫓아버리는 부채가 창
칼날이 되어 고요히
어둠을 밀고 들려오는 눈 겹 풀의
무게감에 자장가 되어 잠들곤 한다.

고향

짝사랑한다
보고 싶고, 보고 싶다
또! 곁에서 평생 머물고 싶다
그리움을 사랑하나
눈이 부신다
모든 것이 친구 같고 정겹다
물가에 내놓은 아이처럼
차들이 생생한 달리는 도로며
건물마다 이마 내붙여진
간판까지도 어지럽지만, 정겹다
매번
곁에 다 두고 항상 마음 깊숙이
간직해오던 나의 고향
생각이 떠나가지 않아
애닯아서 짝사랑하던 곳!
언제나 돌아올 흔적 남겨두었다
그리워하는 향수가 깃들어져
엄마가 살아왔고 형제의 우애와
함성이 스며들어 있어
힘들면 언제든지 돌아오너라

보듬어 주는 그곳
언제나 부족해도 보듬어 주는 곳
잘못해도 보듬어 주는 그곳
힘들면 언제든지 돌아갈 수 있어
엄마 품 같이 포근함에
돌아보고 싶은 그런 고향이라서
그리움이라도 참! 좋다.

고향 봄바람이 분다

구름 한 점 앉아 쉬지 못할 키 작은 집
갈 곳 잃은 햇살 뉘엇 먼 산 바라볼 때면
꽃신을 신은 향기 코끝 다가와 채우고

나만의 소중한 공간이 있어 머무는 곳
따사로운 바람이 다가와 봄에 전하니
꽃씨를 매려 행복 찾아 나서보지만

메아리 처 돌아오지 못하는 향기
그림자 등에 업고 지나온 꿈 그리며
바람만 가슴 깊이 불어와 안기는 구나

꽃과 사랑

겸손함이 그윽한 꽃의 향기여
벌이 꿀을 찾아다니듯 사람은
사랑을 찾고 찾으며 살아간다

행복할 때 초록빛이 스며들면
야위어가는 치마폭 햇살 되어
고온에 허덕이는 더위 같은 것

공허한 세월의 삶을 살아가며
태풍을 만났으니 나무와 같이
홍수를 막아주는 고목과 같이

거스르지 않는 모습의 자신감
아름다운 인생이라 꿈을 품고
시기하지 않게 살아가고 싶다.

남겨진 기억

'한순희'
이름이 촌스럽지만
촌스러운 이름을 가진 한순희
나의 어린 추억에 친구이다
가슴이 먹먹할 만큼 어렸던
이름만큼이나 순하고
착하던, 여자아이!
육십 여년 반세기가 지난 지금
이름도 가물가물 모든 것이
그림 같아 꿈꾸는 것만 같다
오랜 기억들은 빛바랜 거미줄의
희미한 퍼즐과 같아서
옛 추억을 하나씩 맞춰 나간다

곱고 착한 여자아이가 있었지
위에
사격을 잘하던 대학생 오빠에
아래는 나이 차이가 크게 나던
개구쟁이 남동생이 있었고

국민학교 갔다 오면 목수였던
아버지와 어머님을 대신하여
남동생을 밥 먹이고,씻기며
놀아주는 것까지 기르다시피 했었던
모습까지

나는 가끔 방학이거나 일요일 쉬는
날이 오면 어김없이
그 여자 친구가 생각나고 같이
뛰어놀 생각에 이모 집으로
한 시간 이상 버스를 타고 굽이굽이

부산 도심에 바닷가의 황폐해 보이던
동내 '신평'이라는 지역으로 달려가
놀았고, 그렇게 둘이는 누가 사내고
여자아이라 말할 것 없이 동내 앞
낮은 동산으로 달려가 나무 타기와
숨바꼭질 또는
뛰어놀기로 추억을 쌓아 나갔다

그렇게 자라 성인이 되면서

나는 사내로

그 친구는 숙녀로 성장하고

학교도 고학년이 되면서 그는 부산에서

나는 서울에서 같이 마주할 기회를 잃게 되어

우리는 첫사랑인가? 싶을

정도에 어린아이였기에 그냥

그렇게 잊고 살아왔다

그러다 우연히 어느 날

희미한 기억으로만 남아 있던

옛 추억에서 문득 그림이 스쳐

지나가는 것을 잡았다

그래, '한순희'

어떻게 살아왔는지

아주 우연히 학창시절 남포동 길에서

마주쳤던 한 번의 기억까지

꿈에서도 가물한 추억을

지금은 어떻게 노년으로 늙어가는지

아직도 그런 추억 동네가 있는지조차

문득, 문득

옛 잠자던 기억이

나를 깨우고 숨 가쁘게 달려가며

헤집어 붙들고 돌아보게 한다.

자유를 찾는 아픔

우울하다 짜증 난다
이 모든 것이 문제다
이것을 내버려 두면
대인기피가 생기고
인간관계에 금가게
한다
하지만 이러한
감정들을 파괴하면
새로운 눈이 열리고
피하던 일들이
새롭게 만들어져
아픔도 괴로움도
새로운 감정으로
모든 것이 만들어져
다가 돌아오게 한다
자유를 찾아서 가자.

4 / 홀씨의 사랑

동행

둘이 하나같이 님 맞이하러 가자
목적 없이 쫓아다닌 거 의미 없다

즐거울 때나 기쁠 때나 슬플 때
매번 마주하면 설렘의 모습 앞에

목적과 의미가 있게끔 살아가자
사랑 그렇게 얻어지는 게 아니야

노력 없이 얻어지는 건 의미 없고
처음 대면하듯 자연스럽게 걷자

사랑도 쉽게 쟁취하려고 하지 마!
사는 것이 아무 일 없었던 것처럼

노력 없이 이루어지는 것 없듯이
짜릿한 두근거림 없으면 별로야,

입 벌려 있으면 얻어지는 것처럼
마음을 쟁취하는 건, 시랑 아니야!

아침 산책

아침 햇살이 빚어낸 숲
코끝에 전해 온 그 소리

하얀 산림의 이불 덮고
고요함 전한 우수 속에

긴 들숨과 날숨 메아리
미소가 빚어낸 운무 꽃

코끝 전해져 바람 오면
숲속에 걷는 산길이다.

인생은 빈 낚싯대

하루를 살아간다는 것은
오늘의 능률에 뭔가를 낚아서 집으로 돌아가야 하는
과제이다

그래야 하루를 잘 산다는 평가를 받게 된다
하루를 먼바다 만 바라보다
그냥 이대로 돌아가면 무능력자가 되고 뭔가 한 가지라도
건져 가면 능력자가 된다

인생살이 하루를 살아가는데
뜻있고 의미 있게 살아간다는 것은 결국 빈손으로
돌아갈 수 없다는 것이다

그것이 결국엔 하루를 살아가는 결과물이며 아무런
수확 없이 빈손으로 빈 낚싯대만
챙겨 돌아간다는 것은 의미 없는 사람에 불과하다
그래서 꼭! 결과물이 필요하다.

만추

낙엽이 진다
그대의 마음에서
오늘 그 낙엽은 바람이 되고

깊어가는 향기에서
가을비에 씻겨나가면
달콤한 속삭임의 연이 된 듯

바래버린 옷처럼
만추에 닻을 달고
추억 갈아엎고 다시 다가올

봄의 풀 향기를 기다리는 곳
한 해 동안 꿈꿔온
세상을 바라본 만추가 된다.

시인의 사랑

갈잎처럼 붉게 물들어가는
가을날
불태워 타오르는 가슴을
한낮 가랑잎에 몸을 식히고
시인이 쏟아내는 열정에서
태양의 별빛과 같이 공허한
자연에 몸을 맡긴다

때론
비에 젖어간 화석처럼 점점
굳어 가는 것을 붙잡고
낙엽 속에 새겨진 사연들을
대빗자루에
쓸어 떠나보내기도 했었다

그리고 숨겨진 풀잎처럼
가끔 들춰진 외로움에
금수강산에 물들어 뒤덮고
시간은 그렇게
사랑도 아픔도 그리움 되어
글로 노래했다

이유를 아는지 모르는지
시간은 때론
외로운 공허함을 자처하며
길을 만들어
그늘을 찾아 나서기도 했고
어딘가에 멈춰 서야만 했던
고독에게
물으며
말없이 떠난 대화 속에 나는
기다림의 벗처럼
그리움으로 살아가야 했다

인간은 누구나 그렇게
외로움을 가슴 깊이 지니고
심장마저 오그라들게
정녕 찾지 못할 사랑으로
살아간다
너에게 보내는 어딘가에
숨어있을 두근거리는
시에 심장의 가슴을 채우며
그 님은 그렇게 어깨너머로
시린 바람 되고 글이 되어
돌아왔다.

참지 말아라

그러다 마음의 병 된다
힘들거든 쉬어서 가라
아니다 생각되면
즉시 그만 마음 돌려라

한번 아닌 일은 끝까지
아니더라
아픔.슬픔.부여잡고서
살아가려 하지 말거라

세상살이란, 요행으로
허영이고 허세인 것을
고독.외로움은 그렇다
모든 것 참고 살아가자

아픔도 슬픔도 그렇고
모든 세상 사람 그렇다
우리에게 부여된 인생
즐거운 마음으로 살자.

1호선 회룡역

회룡역으로 가자
도봉산을 지나 다음 역

인천을 떠나 연천으로
나라의 경계 역

북한산의 소요산역
연천이 기다리는 그 곳.

차 한 잔 나누고 싶은 당신

이런 당신이라면
차 한 잔 나누고 싶습니다
꽃향기가 돋아난 잡풀일지라도

당신이 믿음직한 나무라면
산을 지키는 거목 됨을 아는
그런 당신이 될테니

계절을 못잊어 양상한 바람되어도
겨울 추위 감싸주듯 따뜻함을 아는
그런 당신이라면

가을 옷 갈아입는 슬픈 날 될 때도
넉넉한 마음으로 지켜봐 주는
그런 당신이 될테니

소박한 이야기 나누고
진실한 마음 전달할 수 있는
그런 당신이라면

좋은 시간 행복한 마음으로
차 한 잔 나누고 싶은
그런 당신이라 좋습니다.

바다

푸르다
그 속에는
조개, 고동, 게
발걸음
수많은 사람의 흔적들
그리고
희망의 수평선이
메아리치는
숨소리와 함께
추억들이 걸려있어
넓고 깊었나 보다
바다는…,

주식

어제는 좀 긴 추세선들이 작동하며 반등이 나왔다

두 번의 지지를 받고
ADR 저항매물대와 추세선이 겹치는 자리에서
저항이었지만

다시 힘차게 뚫어주면서
지금은 다시 매물대 형성하며
다음 돌파 준비하는 모습

세계 트렌드 자체가 호재인데, 뭘... 포지션이 고민인가

지금 위치가 깨진다면 빠른 포지션 변경도 유의미하다!
주식은 내려가면 매수이고
올라가면 매도이다.

쇠똥 구례

지구본을 만들어
물구나무를 선다

인생의 업을 굴리며
생존을 찾아서 가며

땡볕 위 참선하는
끈기 찬 노력속에

하룻밤도 쉬지 않고
세상 뒤 집어며 간다.

코스모스

환한 웃는 모습이 다가오면
단호하게 거절하지 못하고
나는 너에게 마음을 열었다

사랑 기다림이 애틋한 꽃은
미소를 머금고 살아 있음에
온몸 향기로 춤출 때, 나는

어찌할지 몰라서 발그레해진
그 얼굴로 다가오는
사랑이 느끼기에 충분하다

하룻 햇살 혓바늘로 전해진
인생 애절한 소식의 꽃 되어
피어있는 너 모습에 반했다

세월 속 활짝 핀 모습으로
여름의 편지가 되어
연민의 소식 전하며 그린다.

세상의 반

누가 너에게 다 가지라 했느냐

세상의 반이 과하면 탈이 되는 것을,
민심의 들불 되어 타오르는데
불쏘시개 속 들풀에 불을 지폈구나

밥을 많이 먹으면 체하는 것 알면서
자신 사리사욕 위에 법을 이용하고
과한 욕심은 패가망신인 것 몰랐나?

그래서 욕심이 과하면 화를 부르고
소유한 것이 많으면 불안만 초래해
조금 가졌을 때 양보하는 것이 좋다

배려는 베푸는 데 관심에서 생기고
깊은 마음속 존중과 진심이 얻어진
해와 달의 노력에서 생긴 하늘의 뜻

'버킷리스트'라는 그렇게 준비하면
세상이 아름다워진다는 것 알기에,
이제 그만해라. 춤추고 노래할 때다

단지

장독, 항아리, 옹기, 단지
짠맛의 성숙함이 묻었다
숙성되고 진솔한 맛을 내는
비밀스러운 흙으로 빚은 그릇

잡지 마라 세월아
울지마라 미련아
내 고운 맛을 내기 위해
인내하고 괴로워도 참아야 한다

금방 해결될 것이 아니니
숨겨두지 않아도 되고
갇혀 있으며 익어가는 모습에
철들어가서 멋있어지는 맛이다

잊지 말자 그리움
슬퍼하지 말자 외로움을
과거를 묻혔다가
고향 향기 나는 것으로 태어나

철없을 때
땡강 부리던 고향에서
발효되어 묵혀지면 깊어지는
진솔한 맛을 내야지

그리움 찾지 않아도 전통이 깃들고
고향 산천 찾지 않아도 묻어 있는
조선의 선조 지혜가 담겨져
깃들여진 희망이 있는 단지로 살자.

좋은 것 하나쯤

좋은 것 하나쯤
가슴에 지니고 살아가자
그것이 마음이든
그것이 생각이든 하나쯤
담아두고 살아가자

혹시 세월이 지나 만남이 준
기쁨 잊어버려도
가슴에 묻어둔 즐거움은
남아 있을 테니까
멀리서 서로 생각하고
추억을 공유하며
찾지 못하는 기억 속에서
살아가더라도
힘이 되고 기쁨이 되니까
그렇게 하자
예전 그대로
서로 응원하고
가끔은 목소리 듣고 싶고
연락할 수 없는 항상이

생겨도 행복할 테니까

그래서
우연히 만나면 더욱 좋고
늘 지내오던 사이처럼
그럼 주위 공기를 나누고
따뜻하게 우리 가슴을
데워 가면 되니까

좋은 사람 하나쯤
남겨두고 살아가고
마음속 담아 두고 살아가자
인생이라는 넓은 정원 속에
예쁜 꽃들이 필 수 있도록.

자유여행

가끔씩 마음이 힘들 때
목적이 없어도
기다려주는 이 없어도
그냥! 마음 가는 곳으로
떠나고 싶다

그것이 몸이든 정신이 든
육신이 자유를 찾아서
몸이 떠나고 싶어 하는 곳으로
가진 것이 없어도
주변이 귀찮아 여겨질 때

무작정 이유 없이
귓가에 스치는 바람과 함께
자신을 지탱하고 있는
그림자를 밀고서
가냘프게 들려오는
여린 소음조차 뒤로하고서

도시오염에 찌든 육신을

던져버리고

실루엣 하나 걸치지

않은 알몸처럼

자연과 하나 된 듯이

바람이 밀어내는 대로

깊은 산 속에서 흐르는

개울물처럼 조용하게

불러주지 않아도

몸이 편안하게 여기는 곳으로

마음에 안식을 찾아서

떠나고 싶다.

꽃

할미꽃, 호박꽃, 사과꽃
예쁘다

모든 꽃이란
향기를 품던
향기를 품지 않아도
꽃은 예쁘고
제비꽃, 참사리꽃, 벌꽃
모든 꽃은,

봄을 품었기에
열매를 맺지 않아도 예쁘다.

더운 날 꽃이 핀다

강압적인 억압 소리가
시끄럽다
악을 쓰고 굉음을 지른
분주한 소음 속에서도

따뜻하다, 아니 뜨겁다
마음이 더워질 때
봄은 묵묵히 새 생명을
잉태하듯 꽃을 피운다

덕수궁 돌담길에서 이렇게...

고맙습니다

손잡아 준다고
넘어지지 않은 건 아니지만
손 내미는 당신 고맙습니다

응원한다고
삶이 힘들지 않은 건 아니지만
힘내라는 당신 고맙습니다

혼자 간다고
다 길 잃은 건 아니지만
기다려 준 당신이 고맙습니다

말 한마디 안 한다고
우울해지는 건 아니지만
말 건네준 당신이 고맙습니다

당신과 함께하는
나의 삶이
더욱 아름답고 향기롭습니다.

홀씨의 사랑

바람이 분다

가진 것 하나 없어
방관하는 꽃씨가 되면
보아도 못 본 척 모습으로

사방으로 휘몰아치는
자주색이 연홍빛 되어
다가와 우는 그림자 된다

추억의 그리움에서일까
거울 앞 그림자처럼
등 돌려 기다리는 기다림,

하얀 눈물 홀씨의 슬픈 꿈
스산한 외바람에 다가와
옷깃에 머리를 흔들면

나지막이 등 굽은 모습은
앙상하게 뼈대만 남으니
홀씨를 입에 물고서

하얀 털 모시 고쳐 입고
달빛 아래 서성이니
초연한 뒷선이 외롭구나.

몽돌해변

나 왔다 가 느니
잘 있게나
스치는 속삭임의
바람과 구름처럼
팬스레 왔다가는
흔적을 남기고자
아우성치며
울부짖는 모습에
슬픔이 차 있구나

때론 의미심장한
연인들과
마주하지 못할
사 연들처럼
만남과 헤어짐이
부서지는 파도가
한결같아서
오늘도 변함없이
왔다 가느니

아쉬워하지 마라

그 자리엔

미련과 아쉬움을

놓아두었으니

그냥 쉬었다

좌르르 륵 쏴~악

노래 부르고

나비처럼 사뿐히

쉬었다 가면 된다.

야생화

가던 길 애달프다
목말라 가지 못해

문턱에 걸터앉아
이처럼 향기 품고

꽃다운
애처로움에
야생화로 피웠나

인생이 들풀 같아
슬픔 속 피었구나

애틋한 발목 잡고
가던 길 멈추고서

외로워
숙인 꽃잎에
죄지은 듯 피었다.

해변의 교향곡

푸른 파도에 쪽빛 물결에 이별을
싣고 왔다가 그리움에 밀려오면
갯바위에 부딪쳐 갈가리 찢겨져
이별처럼 멀리 사라지는 외로움
하나둘 물들어 빠져나가고 있다

한 음을 누가 먼저라 할 것 없이
조율 음 맞추며 알맹이 순번은
한들한들 빠져나가면
고향 조율하며 속삭임에 모습이
파도의 음률 맞춘 소리 들린다.

던져버려라

구름 한 점 없는 쪽빛 넓은 바다
겨울날이 너! 였구나
입었던 옷 홀라당 벗어 던지고
이 추위에 시리도록 빠져들어서
던져 떠나버릴 아쉬움의 물빛은
가슴 깊이 파도를 일으키겠지

아서라,
쪽빛 물색은 똑같지만, 근심은
남모르게 훨훨 던져버려라
하늘빛 바닷가에서
너! 있는 쪽 빛 속으로 저 멀리
떠나보내려 하는 것이다

이렇게 가슴 시린 것이라면
모나지 않는 납작한 조약돌에
사연을 실어 물수제비를 뜨면
잔잔한 가슴 속 통통통 다가가
동그라미 그린 사랑의 파문은
당신을 찾아서 갔을 텐데,

5 / 겨울꽃

희망의 호떡집

호떡 집에 줄을 서.시.오
나에겐 생계의 일환이오
몸! 하나 들어 갈 만한 좁은 입구
눈! 한번 마주치기 어려운 공간
꿈과 희망과 추억 있어 좋은 집
손때 묻어나는 철판 위에
나~뒹구는 호떡의 향연
따뜻한 열기에 몸을 녹이고
달콤한 향기에 줄을 세운다

누구에겐 간식으로 시작되는
꿀 호떡!
누구에겐 주식으로 먹게 되는
야채 호떡!
배고픔에 한입 물고 달콤함에 한입 문다
또 어떤 이에겐 희망의 끄나풀
매운 야채 호떡의 집
굴뚝 없는 아담한 키 작은 집에서
호떡집에 불났다며 아우성치는 듣기 좋은 말
널 뛰듯 한 외설~

추운 겨울 그려보는 하얀 백설 위에
동그랗게 그려내는 조막손의 매직
옮겨놓은 달콤한 기억들 속에서
호호 후후 입김으로 불어 식히며
한입 물면 얼굴엔 웃음과 입가엔
미소가 돌고 돌아서 원을 그린다.

창가에 비가 내리면

비가 내리면
가끔은
가을 창가에 앉아서
그 비에 옷을 입혀본다.

색동저고리 옷고름에
나는
창 문밖 넓은 곳을 바라보며
나뭇잎 떨어진 찻집을 찾았다.

아무도 기다려주지 않는
그곳에서
따스한 커피 한잔을 마주하며
이 가을의 노래를 불렀지,

깊은 상념에 동화 속 풍경을
그리며
추억의 향기를 찾아서
떠나가곤 했다

나그네처럼

그러다 때론

바람이 살갗을 파고드는

찬 겨울이 시작될 때를 바라며

기온이 뚝!

하얀 서리꽃 잎 새가

몰고 올 때면 말라가는 가슴 속을

횡하니 찬거리로 불러내곤 하겠지

그것도 낭만이라고

시선을 빼앗긴 창가에

뒹구는 낙엽은 빨리 가라

재촉하듯 소리 내어 보내며

나의 주머니 속에 추억들은

아우성 지르고 있을 때

나는 창가에 앉아서

또! 내년의 잎새를 기다린다.

연꽃 사랑 2

사랑 이슬 먹고 피었나
푸른 연잎 몸 가리고
수줍듯이 미소 띤 모습
붉게 타오른 햇살에
치마폭같이 펼쳐진 날
알알이 간직한 사랑을
주섬주섬 마음속 깊이
못 박히듯 들썩여도
천년 고도 감춰온 꽃
가슴이 피워낸 기백을
백제의 숨 속에서
서동 연꽃 사랑 피웠다.

해녀의 숨 빗소리

거친 파도를 탄다
춤추는 바다를 껴안는다.
해역 할 망 숨 빗소리 한 번에
검은 정장 갖춰 입고
납 등이 권총 차고 수심 깊은 곳에
상고 해녀
수십 번 아래위로 왔다 갔다
자맥질을 한다
내가 살아 있수다, 한숨 소리
용왕 할 망과 주고받는
대화 소리
싫은 내색 한번 없이 파도를 탄다
삼킬 듯한 물질 해녀
뛰어들면
엄마 품으로 껴안아 준 바닷물
언제든 받아주는 바닷가 물질은
오늘도 숨 빗소리 한 번에
신세 한탄 뒤로하고
이승과 저승을 날려버려 길!
떠나간다.

커피와 아이스크림

뜨겁게 열을 품어내는 커피와

더위에 목숨을 건 아이스크림이

한여름에 친구가 되고 싶어 하는 둘이 바닷가에서 만났다

둘은 한여름 너무나 보기 좋고 잘 맞는 조화였다

자신들이 보기에도

그래서 열을 품은 커피가 화끈하게 대시를 했다

그런 게 좋긴 하지만 냉담한 아이스크림은 문제를

커피에게 제시했다

그렇게 둘이는

서로 친구를 '하자'. 하나는 '안된다' 설전이 오고 갔다

커피: 애? 아이스크림, 너! 나랑 친구 할래? 친구 하자

커피는 자신이 뜨거운 열을 품고 살아가고 있다는 것도

모르고 일방적인 생각으로 상대에게 밀어붙였다

아이스크림: 어 응? 어떻게?

먼저 다가서는 커피가 싫지는 않지만 두려웠다

커피: 그냥, 친구 먹으면 되지

열을 품은 커피는 생긴 것과 같이 화끈거렸다

아이스크림: 어떻게? 친구 먹냐고

하지만 자신을 잘 알고 있는 아이스크림은 불가능을 알기에

안타까워하며 커피에게 방법을 물어본다

하지만 그 대답은 일방적이었다

커피: 허 참! 그냥

아이스크림에겐 사나이로 보였지만 불가능했다

결국 아이스크림이 커피를 설득시켜 나갔다

아이스크림: 허 참 내. 너와는 친구가 될 수 없지

커피: 왜?

아이스크림: 정말 몰라서 물어?

너는 나랑 친구 먹자고 하고서 나를 죽일 것이잖아?

이해력이 부족한 커피

커피: 아닌데

내가 왜? 너를 죽여?

아이스크림: 참! 답답하네

생각을 해봐

너는 뜨거운 열을 품고 있지?

나는 차가운 냉기를 품어야 살아가는데

어떻게 친구가 될 수 있어?

그때서야.......

커피: 아 그렇구나

한여름의 로맨스는 그렇게 짧게 끝을 맺었다

서로 자신만 생각하는 이기적인 생각을 버리고

다른 이를 한 번쯤 생각하며 살아가는 삶을 만들어 갑시다.

어느 가을의 수채화

기울어가는 가을 말없이 소매를 접고
숨겨놓은 바람은 되새김질하니
끝없이 달러 더는 시선은 안착할 곳
찾지 못하고 맴돌다 살랑거리는
민들레 홀씨 되어 허공 속에
여린 몸이 까치 발가락 사이 끼워진
시간에 붙잡혀 낙엽을 찾아 헤집듯
종종걸음으로 달려가는 가을 길이다

여백 속에 그려내는 초연의 시선은
마음마저 빼앗길까 조심스럽게
흔들려오는 세찬 바람 속
떨리는 숨소리에 낙엽이 몸부림친다
그렇게 귀밑머리가 희끗희끗해지면
시간 따라 창문 밖에 비친 머릿결이
자연 속에 탈색되어 버린 노년 되어
물 들어서 그려진 팔레트 위 수채화

한 움큼 뜨다 씻고 헹궈내며 오늘도
이슬의 애절함이 눈부시게 익어가

연륜의 열정만큼 놋그릇에 무게만큼

다가오는 광채에 비친 묵직함이

환한 미소 속 햇살이 거울 닮아서

고여진 물 같이 회상한 가을이 오니

낙엽에 맺힌 기억들이 가슴 설레는

육십 년을 머뭇거린 가을이 그려진다.

어쩌면 그럴 수도,

나는
어느 날 공원 나무 벤치에 앉았어
우두커니 초점 없이 먼 곳을 바라보고 있었지
나는 나무가 갑자기 나에게 손짓하는 것을 본
것이야

바람이 자신을 이끌고 그쪽으로
가고 있으니 비켜 라고 손짓하는 것을

나는 무슨 소리냐며 그냥 느긋하게
딴청 떨며 도도하게 그 자리에 앉아 있었어
자연에 도취되어 힐링하며 있던 나는
모르는 척할 수밖에 없어 계속 앉아 있었던 거야

잠시 후
소리 없는 누군가가 나의 몸을 에워싸더니
정말! 강한 바람이 내 몸을 스쳐 가는 것을 느꼈지

처음엔 스산하게 다가서는 느낌이 묘했지
그래서 나는 설마 하며 태연하게 그 자태로 앉아 있었지
잠시 후 점차적으로 바램 은 강해지고 '요것 바라' 하듯이
강인함이 나를 돌진해 엄습해 왔지
처음엔 아무 일 없던 것처럼 자연스럽다가
갑자기 조용한 적막감이 도는 거야

그래도
나는 나에게 '설마' 겁주려 하는구나 했지
그래도 간 크게 숨죽이며 느긋함을 즐겼지
"거봐! 거짓말이지"
비는 무슨... 바람도 지나가 버렸는데

그때였어, 갑자기 먹구름이 몰려오더니
'후드득' 물줄기가 쏟아 내리는 거야
정말 바람이 비를 몰고 온 건가
싶을 때쯤

나의 건방진 자존심을
삽시간에 녹아내리게 만들었어

온몸을 샅샅이 뒤지고 간 알몸으로 만들어 놓고서...

나는 비밀 하나 숨길 곳이 없어
그날부터 바람을 두려워 했지
어쩌면 그럴 수도

자연의 바람과 나무가 비를 불러오는 것을
믿지 않은 나를 믿게끔, 진실을 가르치려고
아마도
더욱 참되게 살라며 교육을 시켰는지 몰라.

구 주소와 신 주소
- 도로명 주소지

시대 흐름의 변화 속에
살아가려 하니 별일이 다 생긴다
집은 그대로인데
집의 호적은 이랬다 저랬다 바뀐다
〈구 주소〉
충남 부여군 세도면 가회리 195번지
신 주소, 아니
도로명 주소지
충남 부여군 부흥로 987번 83
길이가 줄어서 좋긴 하지만
예전처럼 왠지! 정감은 없다
행정 방법에 시행되는 절차를
따라야 하는 것이
국민이고 시민이겠지만
왠지
구 주소에서 새 주소가 되고 보니
집도 새집으로 단장해야 할 것 같은
느낌마저 드는 것은 웬 것일까
그것이 마음인가
마을에서 불려온 반복된 습관!

전통과 역사에서 일깨워 졌을

사연의 이름일 것이다

이제부터 또다시 정을 붙여야겠다

시간이 오래 걸릴지라도 오래 두고

살아야 할 가족 같은 이웃이기에

외워둬야 하겠다.

잠꼬대

잠꼬대를 한다
오늘 들숨부터 안정적이다
기분이 좋아서인지
짧은 심호흡에 뱉어내는 숨소리는
기분이 좋아서
입속에서 빠져나오는 말들은 헤 벌레
쉬. 쉬 쉬 리듬을 타며
잘 알아듣지 못하지만
말하듯 자연스럽고 부드럽다

기분 나쁜 날이면 들숨부터 심상치 않다
세상을 들이마실 만큼
긴 호흡에 공기를 흡입하고 빨아들여
폭풍이 지나갈 전야제처럼
심호흡을 멈춘다
그리고 한참 후
기둥뿌리 뽑아낼 듯 솟아내는
숨소리는 일순간에 땜 물이 방류하듯
흘러내는 날숨소리는 '꽈 꽝' 폭발음과
동시에 천둥을 치고 잠시 후 '우당탕 탕'
번개를 치고 굉음을 지른다

누구를 호통치고 싸잡고 때리려 하는지
품어내는 날숨소리는
코골이 입과 온몸의 전신을 흔들어
굉음 속에
자신이 뱉어 놀라 두 눈이 떠지게 하는
놀라움을 표출한다
집 기둥이 튼튼해서인지 지진은 없다

오늘은 잔잔한 날숨 호흡이다
다행이다
기분이 썩 나쁘지 않은 하루였나 보다.

동창회

참 많이도 변했구나
비단, 변한 게 세월
뿐이겠는가
영원히 변하지 않을
고등어 갑옷처럼
까까머리 옹기종기
모여 앉아서
시시콜콜 웃음 속에
검은색의 푸른 교복
갖춰 입고
파란 등지느러미와
칼 주름을
앞세우고 살아왔던
옛이야기들
참 많이도 변하였다.

방귀 소리

방귀 소리
이불 속에 숨어 뀌던 방귀
눈 감고서 누워 끼던 소리
얌전해서 듣기 좋던 그 시절
바람불어 걸쳐오는 소리에

젊은 시절
연애하던 바람 되어
언제부터인가
목소리만큼 커져 버린 강한
의지에 소리

흐르는 세월 앞에 무너진 소리
기선 제압에서 밀려나
참지 못해 한 맺힌 그 소리는
바람같이 높아진 고공 속에
날뛰며 폭발하는 위협의 소리

연륜 따라 멀어져 간 메아리는
거칠어진 한 숨소리
하나되어 불리던 심호흡에
멈춰 섰다. 다시 나오는
스쳐 가며 미소 띤 그 소리.

카톡의 중독

아침 눈 뜰새 없이 와있는 카톡 메시지!
모닝 인사, 좋긴 하지만
현 사회에 너무 이른 시간
아침이면 어김 많은 정보교환이란 이유로 주고받는
메시지는 수없이 오고 가는 소리에 '무음'으로
해놓고 생활을 한다

그렇게 잠이 들고 난 이후의 카톡은 눈을 뜬 이후에야
볼 수 있다
그래서 볼 수 있는 첫 번째 사람이 있다
그 사람이 보낸 메시지가 '모닝' 이다
조금 더 긴 메시지는 '굿모닝' 좀 더더 긴 메시지는
'모닝 좋은 아침' 이었다
물론 비가 내릴 땐 비 모닝 등, 좋은 아침 인사도 이었지만
대략 모닝은 들어갔다
그렇게
언제부터인가 눈을 뜨기 무섭게 그 카톡을 열어보고 있었다

나를 중독자로 만들었다
누가 그러더라... 인생은 말이야

죽을 만큼 사랑했던 사람도
모른 채 지나가면 별것 아니게 지나갈 수 있고 그것을 못 잊어
아파하고 괴로워하면 영원한 사람이 된다고,

세상은 하루해가 뜨고 하루해가 지는 것을 하루라 한다
하루 동안 많은 일이 발생하고 그것에 의해서 일들이
만들어진다

한때는 비밀을 공유하고
한때는 가까운 친구가 웬 수가 되고
또. 한때는 전화 한통에 어렵고 힘 드는 일들이 눈 녹듯이
편안하게 언제 힘들었냐는 식으로 해결되는 그런
멀어진 날이 오면 가까워지는 날이 오듯이 한때는
죽이고 싶을 만큼 미웠던 사람도 웃으며 다시 만나고
시간이 지나면 또다시 멀어져
'그럼 그렇지 단념하면서'
아무것도 아닌 듯 세상을 살아간다

변해버린 사람을 탓하지 말고
떠나버린 사람을 붙잡지 않고
그냥 그렇게 봄날이 가고 여름이 오듯

의도적으로 멀리하지 않아도

스치고 떠날 사람은

자연히 멀어지게 되고.

아등바등 매달리지 않아도

내 옆에 남아 있을 사람은 무슨 일이 있어도 알아서 내 옆에

남아 있어 준다.

나를 존중하고 사랑해 주고 아껴주지 않는 사람에게 내 시간

내 마음 다 쏟고 상처받으면서 다시 오지 않을 꽃 같은 시간을

힘들게 보낼 필요는 없다는 것이다. 뭐 이런 비련의 이야기들

비바람 불어 흙탕물을

뒤집어 씻는다고 꽃이 되겠더냐?

다음에 내릴 비가 내려 처음처럼 씻어준다면 몰라도

세상은 그렇게 살아가는 것이다

실수는 누구나 하는 것

아기가 걸어 다니기까지 수천 번을 넘어지고야 겨우 걷는

법을 배운다 했다

한 번 아니 몇 번도 안 넘어지고 세상을 어떻게 배우겠는가,

사람은 누구나 넘어지면 다시 일어나는 것 당연하게 일어서

아무것도 아닌 듯이

세상을 살아가는 것이다

이 세상에서 내가 가장 슬픈 사람 같아도

이 세상에서 내가 가장 불행한 사람으로 살아가도 결국

세상은 어울려 살아가게 한다

그래서 무리 속 자기 자신은 느끼고 반성하고

앞으로 길을 찾아 살아야 하는 것이다

남들이 인생을 대신 살아줄 수가 없듯이

누구를 탓할 필요성도 없다

누구는 돈이 많아서

누구는 집안이 좋고 부모를 잘 만나서

누구는 공부를 잘해서

누구는 복이 많아서

이 모든 말들은 본인과 해당 상황이 아니다

운명이란,

내가 아무리 잘났어도 결국 같은 하늘 아래에

숨 쉬는 건 같은 조건이다

높고 높은 하늘에서 보며 원망하는 사람은

낙후된 시대의 사람이다. 그 조건에 적응하며 살아간다

키가 크고 몸집이 좋다

그것은 부모의 유전자에 의해서 변화될 수 있지만

나머지 하찮은 일은 자신의 노력에 달려 있다

현실은 모두 똑같은 조건으로 각자의 특징을 찾아

살아가는 것이다

하찮은 미생물도 환경을 원망하지 않고 살아 간다

나무가 크다고 전자부품으로 쓰이지 않고

아무리 빨리 달리는 치타가

건축 자재로 쓰이지 않는 것과 같다

본인이 그 부분에 쓰임을 당하던

쓰임을 시도하던, 본인이 그렇게 만들어지고 길러지도록

노력해서 발전시켜 나가야 하는 것이다

이렇듯이 사람이 하찮은 동물보다도 느리고

노력하지 않는 자신보다 못한 사람과 일을 하겠는가?

능력자,

그 능력자가 되어야 한다

사장보다 많은 것을 더 알아야 하고 사장보다 더 노력해야

사장은 상대에게 좋은 대우나 예우를 해 줄 것이다

무리에 우두머리와 동등한 능력을 갖췄다면 무리에서

먼저 선점한 우두머리에게 당하게 되어 있다
그래서 본인의 능력이 부족하다면
능력자를 짓밟고 올라서려 하지 말고
나보다 잘난 사람을 질투보다 능력을 치켜세워서
사용하는 것도 자신의 능력이다
이렇듯 인생은 수시로 진화되는 시대를 쫓아서
변화되어야 한다

카톡이 그렇다
카톡 한번이 인연을 만들고 카톡 한번이 또 다른 세상을
만들어 가는 세상에서
살고 있다는 것을 인지하고 살아가야 하겠다
그렇게 우리는 그래서 카톡에서 중독으로
벗어날 수가 없다.

어머니 무르팍

내가 어렸을 때, 어머니 무르팍 위는
더운 여름날이면 어머님 무릎 위에
정을 나누고 삶을 나누든 고향의 꿈
꾸며 자랐다

베개 삼아 누웠던 어머니의 무릎은
스쳐 지나가는 바람 소리를 찾아서
어느덧 추억에 옛 기억의 추억 속
되어 누웠다

짧고 좁다란 긴 나무 의자를 길목에
놓고서, 밤하늘이 조명 등 되어
어두워진 환한 달빛에 도망치듯이
달아나는 별똥을 쫓았지,
아! 눈빛은 온통 술래잡기에 바빴었지
그렇게 하늘을 향해 뛰어

다리가 짧아 접어가며 드러누워서
나직한 나무 의자는
가냘픈 몸 지탱하며 무더위 식히려
앉아 놀던 나는,
어머니 무르팍 위를 베개 삼아
잠을 청하고 감자를 까먹곤 했었다.

안정감에 깊어가는 밤
하늘에 수 놓인 별을 세며. 그렇게
자랐다

편안함에 잠들었던 무릎!
깜박 잠이 들 때면 좁다란 의자에서
별 잡던 꿈 꾸다 굴러떨어지곤 했다

그럴 때면 놀라
안방을 찾아 들어가곤 했었지
그렇게 무더운 여름밤이면,
문득 어릴 때 생각이 나
더위에 참기 힘 드는 날이면 더더욱,
긴 의자를 찾곤 했었던 기억이 난다

오늘도 하루살이 춤추다 쉼 돌릴 날이면
풀잎에 스쳐 담겨오는 찌르레기
연치의 풀벌레 바람에 전해 올 테고
한낮 더위도 쫓아버리는 부채가 창
칼날이 되어 고요히
어둠을 밀고 들려오는 눈 겹 풀의
무게감에 자장가 되어 잠글 곤 한다.

신. 호. 등

지척에 두고 서서 쉬어가야 하는 신호등
아롱거린 불빛 따라 천리만리 멀고 멀다

위기일발 눈앞에서 불나려는 건널목에
빨간불 신호등이 갈 길을 막고서니

가로 세워 양팔 벌려 발목 잡는 적색등은
주시하며 주의해라 충고하며 서 있지만

말이 없어, 방긋 웃는 노란불은
내 속 타는 신호등이 알 리가 없구나

시선 앞 만남 장소 곁눈질 여러 번에
기다리는 안타까움 잠깐이면 뛰어갈걸

시간이 잡고서니 다급함이 웬! 말인가
기다리는 그 장소에 마음부터 던져놓고

아른거린 내 모습에 야속한 신호등이
불빛만 깜박. 깜박. 속이 탄다. 속이 타

적색 신호에 걸려있는 신호등 아!
조급하다. 조급해. 종종걸음 어서 가서

보고 싶은 님 기다림을 맞이해야지.

새벽에 꾼 꿈

밤새 잠 못 이루고 무거운 눈꺼풀
잠시 쉬려 할 때 지친 커튼 사이로
슬금슬금 기어드는
파스라 한 새벽에서야
푸석한 얼굴 속으로 슬그머니 든다

권태기의 미소는 무지갯빛 호수로
일찍이 잠든 뒤의 무의미함 속에
바람이 사르르 어둠을 젖히고
길 잃은 달을 마주한 보름은
때 묻지 않은 백지 위 회색빛 그림자

별이 바람에 스쳐 지나가는 날이면
어둠은 더욱 고요히 잠들고
보이지 않은 하늘 위에 애틋함만
밤새 뒤엉킨 발자국처럼 기다리며
짧기만 한 기억 속을 잠재우는구나!

메아리

미흡한 감정의 찌꺼기를 토해내는
위선과 가증한 독선의 인간은
지쳐버린 몸과 마음을 들이마시고
아픈 영혼이라면 핑계가 되지만
비어버린 지식의 허전함으로
채워본 듯 채워지지 말 것을

아우성치는 언어들의 무질서로
갈증은 불란으로 태워버릴 것만 같은
밀폐되어버린 감정 속에서
두드림으로 소리를 내지만
터져버릴 것 같은 무의식 속에는
영감으로 부딪쳐 산산조각 낸다

태우고 태워 질식시켜버릴 것 같은
답답함이 가치 있는 착각으로
신성하리만큼 깨끗한 그 안에서
허허로운 백발은 그대와 하나 되어
날리며 밝혀지지 않는 깡통 속에
울림소리를 내고 있다.

겨울꽃

열정의 불씨가 시들어가는 날
청춘들의 잔불이 꺼져갈 때면

다가온 붉은 생육이 사라지니
한숨 쉬며 녹아내린 햇살처럼

뒤뜰에 꽃신을 놓아두고 떠난
꽃망울의 그리운 그 임 소식은

한겨울에 새순을 피워내려고
송곳니가 달도록 빛바랜 삶에

잠자는 새벽녘 솟아낸 상고대
하얀 백지에 환희를 그려낸다.

과한 욕심

오랫동안 잡고 싶었던 손
놓아주어야 할 때는
그냥 자연스럽게 놓아주자
과한 욕심이 화를 부르고
그것이 한평생 닦아 놓은
마음에 무게를 만들어
과한 욕망이 비바람이
몰고 와 어둠 몰아칠 것으로
알면서 '욕심은'
또다시 포기하기를 싫어한다.

인간의 열망으로 고민하고
과한 욕심이 자신을 옥죈
뒤늦은 후회로 만들 것을 알면서
고심해도 되돌릴 수 없고
어느새 지우고 싶어도
혼돈의 것들 속에 묻혀
무심한 삶이 되는 것을
몸이 인식하고
눈이 알아주는 현실 속에 잊고

멋진 날로 살아가는 거다
현실에 힘겨움은 잠시고
순간 지나고 나면 다시
이겨 낼 힘이 생기듯이
편안한 안식일로 돌아온다.
하루를 그렇게 채워가자.

낚시꾼

예고도 없이 갑자기
24년 시월 삼 일 한강으로 달려간다
강물에 낚싯대를 드리우려는
낚시꾼을 보았다
그 사람의 뒷모습에서 싸늘하게
불쌍해 보인 겨울 냄새가 풍겨온다.

물 위에 입이 고푸(컵)처럼 떠 있다
강물 속 고기는 여유로운데,
잡히지 않을 물고기를 잡겠다 하니.
그런 낚시꾼이 난감하다.
이곳저곳 낚싯대를 던져보았지만
헛손질만 오갈 뿐! 허공만 맴돈다.

물고기는 요리조리 빠져나간다
매서운 바람에 눈을 뜰 수 없는 날
하루종일
강 건너 낯선 도시를 부여잡고
응시하며 앉아서
이름 모를 물고기는 소식도 없다

어쩌나 한 사내가 생각난다.
그도 잠시 머물다 가버린 그 사내
미끼도 없이 앞에서

낚싯대를 부여잡고 있던 사내는
파리해진 입술에 추위만 머물다가
한숨 섞인 입김만 새어 나오다 갔다.

자신은 낚시를 안 했다
그냥 물고기를 보러 갔을 뿐.
낚시는 하지 않았다 말한다.
낚싯대를 손에 쥐고 물고기를 잡지
않았다
그럼, 물장난을 치고 놀았는지,

마지막 겨울 강가인 걸 알았을 텐데,
온통 알 수 없고, 옷에 물만 졌었다.
물고기가 입에 거품을 물고 웃는다
고기 한 마리 잡지 못한 손엔
왠지 짜릿한 손맛은 그만두고
비릿한 냄새만 풍겨내고 있는데,

그렇게 신선놀음은 가을비에 젖은
제비 꼴이 되어 끝났다
그다음 해 봄날 되면 알겠지,
흐르는 강물 속에 숨긴 심정을
강 건너 무심한 빌딩 숲엔 그렇게
상념만을 던져 놓고 간다며 말한다.

인생 취하며 산다

허공에 달 가듯 떠 있는 마음아
구름 쫓아 맴돌다가 잡히는 건
손끝에 바람뿐!
살아봐라 인생이 뜻한 대로
사라지는 게 아니다
교감은 되지만 소통되지 않는
자리가 있나 하면
소통하면서 이해를 못 해
싸우며 사는 사람들도 있기에
세상살이 힘들게 하루가
돌아가며 사는 거다.
그래서 때론 술에 취하듯 살고
혼미한 정신 속에서 살아간다
너 하고 싶을 때 하는 건
너 자유다.
그렇다고 미친 듯이 사는 것은
안된다.
눈은 안경 너머 뿌리를 내리고
초점은 회오리치며 정제되어
모순과 상실감 속 살아가지만

그래도 온기 있는 깨끗한 곳을
찾아서 희로애락을 즐기며
한 잔의 술을 마시며 살아가자
오랜 인연을 만난 것처럼
암행어사가 되고 성의 군자가
되어서 춤추며 노래하고
한잔 술에 취하면서 살아가면
최고에 인생이다.

텅 비우니 가득하다

비워라,
비워버리니 가득 찬다
근심 걱정 잊어버리고
봄 되어 소식 전해오니

이제 그만해라
됐다
꽃피고 새싹 돋았을 때
한 포기 겹게 살아가면

겨우내 잠들었다 돋는
잡초 같은 풀 냉이처럼
황금빛 눈부신 꿈처럼
미련은 참을 만하니까

그렇게 살아가면 된다
바람이 안부 묻거들랑
부귀와 영광 포기하니
행복함이 싹튼다 해라

위기 꽃

조급함이 요동쳐 잊어버린 침샘은
다급한 갈증 속에 넘겨버린 사례도
현실을 토해내듯 치솟는 기침으로
아쉬워 내린 서리꽃 되어
긴 한숨 속 눈물겹도록 후회한다.

혼란 속에 터질 듯 차오른 숨소리
찌들어 외면당한 차가운 외침에
인간은 결국 혼미한 아쉬움으로
삶은 지니고 살아가는 것이며
불러들이고 보내는 삶으로 산다

호.호..호 불며 더워 데워진 열기도
언젠가 싸늘하게 식어버리면
또! 쉬쉬하며 쉽게 잊혀질 것을,
나의 영혼까지 던져버리고
그 열정만큼 살아가는 의미 없다

그건 열린 숨구멍으로 외쳐버리는
외침으로 다시 돌아올 그 날까지
손가락 사이 빠져가는 바람처럼
그렇게 오늘 하루도 살아가고
눈빛 저편에 해 저물듯 살아간다.

겨울 아이

겨울은 어디에 외로움이 걸려있다
추위에 꽁꽁 얼어붙은 고드름처럼
보름달은 그렇게 붉게 불을 밝히고
마른 가지에 혹독한 바람에 흔들어
아픔을 매달아 놓아도 환희 떠 있다
언 몸 녹일 때쯤이면 요조숙녀의
치마 끝에 장군의 칼날 앞세우고
기세 높은 고드름을 벌거벗겨 야윈
아이의 모습으로
그냥 떠나야 하는지 걸음이 바쁘다

언제부터인가 추억을 서랍 속에다
깊숙이 고이 접어서 넣어 둬야 할
역사인지
동지는 그렇게 핏빛으로 물들어
한해 액운을 잠재운다며 팥죽을
먹던 시절도 이제는 변화되어
줄 것도 받을 것도 없는
빈털터리가 되어 추위에 빈약함은
슬픈 추운 역사가 되어서
겨울 아이는 더욱 외로운 날 될 테지.